さようなら竜生、
こんにちは人生
22
GOOD BYE, DRAGON LIFE.
永島ひろあき
HIROAKI NAGASHIMA

目次

MAIN CHARACTERS 主な登場人物

ネルネシア
“氷花”の異名を取る少女。
ガロア四強の一人に
数えられる。
クリスティーナ
“竜殺しの因子”を受け継ぐ
絶世の美人剣士。
ベルン男爵に
叙された。
ドラン
最強の古神竜“ドラゴン”の
転生した姿。
クリスティーナの下で
故郷ベルン村の発展に
取り組む。

クシュリ
飛蝗《バッタ》の因子を持つ虫人《むしびと》の少年。肉弾戦に特化した魔法戦士。
マノス
ガロア魔法学院随一のゴーレムクリエイター。研究への情熱が行きすぎている部分がある。
アズナル
青虎人《あおとらびと》の少年。レニーアの事が気になっている。
レニーア
神造魔獣の魂を持つ少女。ドランを魂の父と慕う。

第一章――人竜会談

私――古神竜《こしんりゅう》ドラゴンことドラン・ベルレストを含む始原《しげん》の七竜《しちりゅう》にとって最大の恥にして、最悪の汚点とも言うべき存在、終焉竜《しゅうえんりゅう》を完全に消滅させてからしばしの事。

終焉竜に操られたディファラクシー聖法王国《せいほうおうこく》の侵略行為によってアークレスト王国と周辺諸国にもたらされた混乱は、ようやく収まりつつあった。

彼らが用いた洗脳による支配は解除されたものの、民衆が正気に戻った反動によって新たな混乱が引き起こされるなどの二次被害が発生した国もある。そんな中、我が母国アークレストは安定を見せており、一国民としては誇らしい限りである。

全ての竜種の祖である始祖竜《しそりゅう》と同等の力を持つ終焉竜との戦いには、竜種のみならず、あらゆる神々も参加した。その為、この決戦に全精力を傾注《けいちゅう》した神々が地上の人々の祈りに応えられなくなるという非常事態が発生していたのだが、既にそれも乗り越えている。

ベルン男爵《だんしゃく》領の領主補佐官である私としては、領内の混乱はないと断言出来る。

今後の発展の為に優秀な人材をかき集めたのと、私が不在だった期間が短かったお蔭《かげ》で、すぐに解決可能な程度の小さな問題くらいしか起きなかったのは、まことに幸《さいわ》いだった。

神々の奇跡が失われたかもしれないというとんでもない事態に直面し、どの勢力にもベルンにちょっかいを出す余裕がなかったのは想像に難《かた》くない。

実のところ、世界に害をもたらす邪神の類《たぐい》も終焉竜対策で必死だったので、この〝不在期間〟に神関係の脅威《きょうい》はなかった。

しかし、そうとは知らぬ国家や、善なる神々の側の教団関係者はさぞや肝《きも》を冷《ひ》やしていたに違いない。

神々は力を使い果たして寝込んでいるだけだから、回復すれば元通りになる。今は戦場に行かずに残った下級神や天使達が必死に頑張っているので、神聖魔法とも呼ばれる〝神の奇跡〟は、おおむね平時の水準に戻りつつある。

この異常事態を解決する糸口すら見つけられずにいた者達は、ほっと安堵《あんど》の息を吐いて復調した神々に感謝の祈りを捧《ささ》げているだろう。

真摯《しんし》な祈りは神々にとってはちょっとした糧《かて》になるので、たとえ奇跡が起きなくても祈るという行為そのものは無駄《むだ》ではない。

もっとも、復調した神々からの見返りを期待する下心が混じって、祈りが不純なものになるのはよろしくないので、この事実を公《おおやけ》にするつもりはないが。

さて、終焉竜との決戦後に体調を崩したのは神々ばかりでない。

あやつに止《とど》めを刺した私達始原の七竜は、始祖竜への再融合――さらにその上の超新竜《ちょうしんりゅう》形態に至り、勝利の代償として経験のない疲労に追い込まれている。

融合した私達が無事に分離出来たのは幸いだったが、まさかベッドの上から身を起こすのも難儀《なんぎ》するほどの状態になるとは思わなかった。

とはいえ、肉体的な疲労に関しては、ひたすら安静に務めたお蔭で、今は出歩くくらいは問題ない程度に回復している。

「ふむ、自分の足で歩いて回れるというのはいいものだ」

我ながら本当にしみじみと呟《つぶや》いたのは、ベッドの上の住人を卒業し、鈍《なま》った体を回復させる為に屋敷の中庭を一周した後での事だった。

既に春は過ぎ去り、何もしていなくてもじわりと汗が粒になる季節。

青い空から降《ふ》り注《そそ》ぐ陽光はいとも簡単に肌を黒く焼いてしまう。

私は時折吹く風の涼《すず》しさに目を細める。

息こそ上がっていないものの、動き回るにはどうにもまだ不安が残る体調だ。

魔力の生成量も、肉体の方は変わっていないのだが、魂《たましい》の方は不安定化していて、狙った量の魔力を作り出せずにいる。

「これはまずいな」

蠟燭《ろうそく》に火を灯《とも》そうとしたら、火山を爆発させてしまう、などという失態を高い確率で犯してしまいかねない状態になっている。

このまま安静にしていれば、元の調子に戻ると思いたいが……

「悩ましいものだな、ドランよ」

私同様にベッドの上の住人となっていた始原の七竜のうちの一柱——バハムートが顔を見せ、中庭にある長椅子に腰掛けた。

今の彼は本来の古神竜ではなく、知的な——何故か不必要な眼鏡《めがね》を掛けた——竜人の姿を取っている。もちろん、彼だけでなくリヴァイアサンやアレキサンダーら、他の兄弟姉妹も同様だ。

私は彼の方へと歩み寄り、互いの状態を確認しようと言葉を交わす。

「バハムート。もう歩き回っていいのか？」

「我を含めて皆が歩ける程度には回復した。力の出力と調整が不安定な状態に陥《おちい》っているのも、汝《なんじ》と同様だ。汝の場合は火の粉を払うつもりが星を吹き飛ばした、などとならぬように気を遣わなければならんな」

「終焉竜と聖法王国の件は片付いたが、周辺の状況が穏やかではなくてね。私自身が戦場に立つ機会はそうそうないとは思うが、厄介な問題が残ってしまったよ」

「終焉竜のような災害の再来はまずないとしても、汝の場合はこの地上世界で……そうさな、三《さん》竜帝三龍皇《りゅうていさんりゅうおう》と同程度の力は保持しておきたいところだな」

「うーむ、竜界の同胞達ならば私よりも回復が早いだろうから、後で私が力を出しすぎないように、枷《かせ》でも嵌《は》めてもらうか」

「喜々として悪戯《いたずら》を仕込む者が多いだろうな」

バハムートの指摘に、思わず苦笑が漏れる。

「竜界の同胞は、地上の同胞と違って私達に遠慮しないからなあ。その分、気が楽なのはよいのだが」

「万が一に備えて、三竜帝三龍皇に話を通しておいた方がよかろう。この星で最も強大なのは彼らであり、また個としてだけでなく勢力としても最強なのだからな」

「ふむ、余計な苦労を彼らに掛けるのは心苦しいが、必要とあれば頭を下げる他ないな」

「頭を下げたら下げたで、あちらが恐縮して余計な手間が掛かるのが目に浮かぶようだな。時にドランよ、我々も介助の手を必要としない程度には回復した。しばし汝のこの第二の故郷を見て回りたく思う」

「ほう、いいのではないかな。私にとっても、君ら兄弟姉妹にこのベルンの大地を自慢するまたとない機会だ。必要な費用などは私の財布から出すので、好きに見て回ってもらって構わんよ。もちろん、この地の法に従ってもらうのが大前提だ」

「それは承知の上だ。我を含めて他の同胞、特にアレキサンダーもそこは弁《わきま》えておろうよ。ところでドラン、我から二つ、頼みたい事がある」

「なんだね？」

「一つはアレキサンダーを特に慰労してやってほしい。終焉竜との戦いで汝の次に奮起《ふんき》していたからな。もう一つは汝とその恋人達との結婚式の日取りが決まったなら、知らせてほしい。我ら兄弟姉妹、皆が心から寿《ことほ》ぎたいと願っている」

兄からのこれ以上なく嬉《うれ》しい言葉に、私は自然と笑みが浮かび上がるのを感じた。

「頼まれるまでもなく、喜んで引き受けよう。私は幸せ者だ。竜と人と、双方の家族から祝福されるのだから」

「そうだな。汝はとても幸せ者だとも」

バハムートやアレキサンダーら我が同胞達が、竜界からの迎えに連れられてベルンを後にしたのは、それからしばらくしてからの事である。

†

ベルン男爵クリスティーナの下で、庭師として仕《つか》えているベネスという男がいる。

五十代後半の短く太い体躯《たいく》と白髪《しらが》交《ま》じりの赤い髪をしたこの男は、実のところ、クリスティーナの父であるアルマディア侯爵《こうしゃく》から派遣された影の護衛とでも言うべき存在だった。

ベネス以外にも、クリスティーナと彼女の治める男爵領に害をなさんとする者達の動きを阻《はば》むよう命じられた護衛達はいる。

新しくやってきた移住者の一家や、商人、傭兵《ようへい》などに扮《ふん》して、それなりの数が男爵領で活動中だ。

途方《とほう》もない親馬鹿《おやばか》の発露《はつろ》と言えよう。

同時に、こうした影の護衛よりも多く、他の領主の手の者や異国の間者《かんじゃ》、世界の闇で蠢《うごめ》く秘密結社の手の者達が男爵領に入り込んでいるのが現状だ。

統治者であるドラン達は、その常識外れの能力によって、非合法な活動を行なっている者達全てを当然の如《ごと》く把握《はあく》し、監視している。その上で、表向き普通に働いている分には監視に留めて、領内の経済活動の一助《いちじょ》として役立ってもらう方針をとっていた。

たかが辺境の地、しかも若年の新興貴族相手に過剰な人員を割いている——と、各勢力を非難するには、この地を治める者達の能力と治めるに到った経緯が特異すぎた。

領主クリスティーナと補佐官ドランの戦闘能力が、大国の最強格の魔法使いや魔法戦士に匹敵するという情報は、既に近隣諸国に知れ渡っている。

実際の能力はその程度では済まないと知っている者がいないとはいえ、まさしく一騎当千《いっきとうせん》、大規模な軍団に相当する規格外の怪物達だ。

しかも彼らは、長らく人類国家と交流がなかった水龍皇龍吉《すいりゅうおうりゅうきつ》の治める龍宮国《りゅうぐうこく》や、エンテの森のユグドラシルに率いられた諸種族の重鎮達《じゅうちんたち》からの信頼も厚い。

これらの勢力とアークレスト王国が関係を結ぶきっかけを作ったのもまた、ドラン達だった。

となれば、否《いや》が応《おう》でも注目せざるを得ないというものだ。

目を背《そむ》け、耳を塞《ふさ》いでも、僅《わず》かに瞼《まぶた》の隙間から入り込んでくる光のように、あるいは耳にするりするりと忍び入る音のように、膨大《ぼうだい》な情報が半強制的に流れ込んでくる。

無自覚なのか意図的なのか、ベルン男爵領はそうした〝馬鹿げた情報〟を次から次へと発してくるのだ。

各勢力の裏仕事を担《にな》う者達の間では、今のところ水面下での暗闘は生じていない。少人数での小《こ》競《ぜ》り合い程度が関の山といったところ。

刻々と人が増え、田畑が広がり、情報と資金と物品が大河から分かれる支流の如く複雑化している男爵領の情報収集に、奔走《ほんそう》させられているのが現状だ。

ただ、ベネス一個人としての感想で語るなら、自分を含めた影の者達の動きを全て見透かされているのではないかと疑問を抱く瞬間が時たま存在する。

特に、一時期、補佐官ドランの使い魔を務めていた美貌《びぼう》のバンパイアで、今はクリスティーナの秘書として働いているドラミナという女性は油断ならない。

彼女には、スペリオン王子がロマル帝国を弔問《ちょうもん》した際に、王子を含む近衛《このえ》の精鋭達《せいえいたち》をまとめて相手にして稽古《けいこ》をつけたという眉唾《まゆつば》ものの噂《うわさ》がある。

そして、まるで老練な政治家のようにクリスティーナを指導し、その領主としての采配《さいはい》と成長を見守る姿から、ベネス以外の密偵達も彼女の素性《すじょう》をただならぬものだと疑っていた。

ベルン男爵領の上層部は、多種族国家であるアークレスト王国でも珍しいくらいに、多様な種族で構成されている。しかも、その一人ひとりが個として突出した力と非凡なる素性ないしは人脈の主というキワモノ揃いだった。

クリスティーナの近くにいるラミアの少女セリナや、黒薔薇《くろばら》の精ディアドラなどがその一例だ。

先日も、モレス山脈に住まうラミアの集団を領内に引き入れるという出来事があり、ベネス他密偵達は、それぞれの主人に鮮度の失われないうちに情報を送ったばかりだ。

そう、送ったばかりなのだが……ベネスは屋敷の中庭から空を見上げたまま、思わず呟いていた。

「御屋形様、どうやら貴方様《あなたさま》のご息女はとんでもないお方のようですぞ」

彼の立場からすると口にするべきでない言葉だったが、幸い、それを耳にした者はいなかった。

そして、上空を見つめるベネスの視線の先では今、知恵を持ち、竜語魔法を操る本物の竜種達が何体も舞っている。

事前に知らされてはいたものの、実際に初めて〝それら〟を見た衝撃は途方もないものだった。

しかも、〝彼ら〟はこれからこのベルンと正式に友好関係を結び、定期的な会合を開いていくというのだ！

ベルン村やその周辺に身を潜めていた密偵達は皆、自分達の主人に伝えなければならない情報が飛び込んできた事に、大慌てで対処しはじめていた。

ただその心情は立場によって大きく異なる。

ベネスのようにアルマディア侯爵家や、アークレスト王国に属する密偵とその主人達にとって、幸いにもベルン男爵領は敵ではない。だが、それ以外の者達にとっては脅威以外の何ものでもないからだ。

ベルン男爵領を敵に回した時、モレス山脈の竜種とエンテの森の諸種族がベルンの味方になるのならば、大国がまるまるベルンの側につくに等しい。

もし龍宮国までもがベルンについたなら、ディファラクシー聖法王国が崩壊した以上、もう地上で勝てる国家は存在しないも同然である。

それは、敵対者としては悪夢のような事実だった。

†

大地の上に立つ者達が空を占める巨大な竜達に思いを馳《は》せている一方で、その空を舞っている竜達にも、それぞれ今日に至るまでの経緯について思うところはあった。

基本的に、竜種が他の種族と恒常的な協力・共生関係を構築するというのは、そうそうある事ではない。

ワイバーンをはじめ、一部の亜竜《ありゅう》や劣竜《れつりゅう》と呼ばれる者達が他種族に使役されている例はある。しかし、今ベルン村の上空を舞っている知恵ある竜種達に言わせれば、それらは退化しすぎた竜種。同列に扱う事は到底出来ない。

三竜帝三龍皇や龍王、竜王ともなると、その強大な力の庇護《ひご》に与《あずか》るべく、他の種族が同じ棲息圏《せいそくけん》内《ない》で暮らしているが、あくまでこれは極端な例の一つだ。

モレス山脈では、水竜ウェドロが人魚のウアラの民との間に共生関係を築いているものの、他の竜達は自らの近しい家族と暮らすか、個としての生活を営《いとな》んでいる。

モレス山脈が広大な事もあって、お互いの住み分けはきっちり出来ており、これまで問題なく暮らしてきた。

その為多くの竜達が、人類社会の一部を構成する者達と接触し、正式に関係を持つ事に対して大なり小なりの疑問があったはずだ。

しかし、ベルン側からもたらされた一つの情報が、これまで通りであってはならないという危機感と使命感を彼らに抱かせた。

暗黒の荒野を本拠地とする魔族の軍勢に、竜種の最大の敵とも言える自分達の紛《まが》いもの――『偽《ぎ》竜《りゅう》』が複数存在しているという情報である。

強大すぎる竜種達を模倣《もほう》し、邪神達が生み出した偽竜は、竜種の殲滅《せんめつ》をその存在意義としており、お互いに顔を合わせたら即座に容赦《ようしゃ》のない殺し合いが勃発《ぼっぱつ》する関係にある。

そんな偽竜達が軍勢の一端《いったん》をなし、近く侵略者となって襲来すると聞いてなお、傍観《ぼうかん》に徹していられる竜種はまずいない。

また、竜種の魂を持つドランと、以前からガロアに入《い》り浸《びた》り、人間との交流を重ねていた深紅《しんく》竜《りゅう》ヴァジェの存在も、彼らが人間種との関係構築に一歩を踏み出す役に立った。

ただし、ヴァジェ以外の竜達は、ドランが人間に生まれ変わった高位の竜であるという点までしか知らない。

それでも、龍宮国と関係を持たせたという実績などから、ドランに対するある種の信頼と敬意は深まっている。

もっともドランからは、彼らに対して自らの素性を明らかにする予定は、今後も全くなかった。

竜種にとって絶対の存在である古神竜としての立場を明かしてしまえば、ウェドロ達はドランからのあらゆる願いに従わざるを得なくなる。

そうなってしまう未来をドランは誰よりも望んでおらず、彼らと築いた現在の友好関係が崩れるのを嫌っていた。

故郷であるベルン村の為ならばあらゆる手段を講じるべきと考えるのならば、このドランの対応は合理的ではないだろう。

だがこれもまた、彼が古神竜ではなく人間として生きようとしているからこその判断だった。

それが正しいか、間違っているか、善か、悪かの判断は人による。

もしドランが古神竜としての霊格も記憶も失っていたなら、このような選択肢そのものが存在しなかっただろうが……

会合の回数を重ねるにつれて参加する竜の数は増えて、今やモレス山脈に住むほぼ全ての竜達が、ベルンとの共闘ならびに今後の協力関係の構築を認め、前向きになっている。

これは彼らにとっての絶対者である古神竜ドラゴンが人間に友好的だった為、地上の竜種達もまた人間を相手にする時には概《おおむ》ね穏やかな対応を心掛けているのも一助となった。

ドランにとっては、前世の自分の行いが思いがけず功《こう》を奏《そう》した形となったと言える。

モレス山脈住まいの竜の中でも古老格の地竜ジオルダは、重力操作によって空を飛んでベルン男爵領に向かいながら、初めてかの地の領主達と顔を合わせた時の事を回想していた。

ヴァジェの仲立ちにより、初めてベルン男爵領を訪れたあの日、ジオルダを含む八体の竜達は、眼下で自分達を待つクリスティーナ達を興味深そうに観察していた。

指定されていた降下場所で待っていたのは、クリスティーナやドラン、ドラミナ、その他ベルン男爵領の一団と、立会人を務めるドラグサキュバスのリリことリリエルティエル達。

並べられた椅子に腰掛ける彼らを見下ろしながら、風竜のウィンシャンテが最初に口を開いた。

彼はドランと面識のある風竜オキシスの甥《おい》にあたる個体で、人間に換算すれば二十代半ばほどの若者だ。

彼はオキシスの紹介で白竜に変身したドランと知り合った。ウィンシャンテ以外にも、ウェドロやヴァジェ経由で顔馴染《かおなじ》みになった者がいる。

「これだけの同胞と約定《やくじょう》を交わそうとは、あの人間達は肝が太いと言うべきなのでしょうかね、伯父上《おじうえ》？」

生物として圧倒的に格下の人間相手だからと侮《あなど》った響きは特になく、本気で感心している様子のウィンシャンテに、伯父であるオキシスはうむ、と一つ頷《うなず》き返した。

オキシスはオキシスで、自分達を待っている者達が尋常《じんじょう》ではない実力者ばかりと漠然と感じ取り、舌を巻いていたのだが年若い甥は伯父の様子からそこまでは察せられなかったようだ。

オキシスはウェドロと一緒にドランとよく話をしていたが、モレス山脈に住む同胞がこれだけ集まって顔を合わせるのは稀《まれ》な事態である。

「魂が竜であるドランは別として、クリスティーナという男爵や、傍《かたわ》らのラミア達にも、我らに怯《おび》えた様子一つないな。それに、感じ取れる力も生半可ではない。胆力《たんりょく》ばかりではなく、普通の人類種やラミア達でないのは確かだ」

この時、クリスティーナやドラミナをはじめとしたドランと霊的な繋《つな》がりを持ち、古神竜の加護を受けている面々は、他者が感じられない状態に加護を抑えていた。

これは、ドランが自粛しているのに合わせての事だ。

その為、ウィンシャンテやオキシスの評価は、古神竜云々を抜きにしたものである。

「それにしても、こういう話で一番ごねそうな深紅竜が最も積極的というのは、一体何があったのか。そこのところが気になるな。なあ、ジオルダ」

この時、オキシスが話を振ったのは、この場にいる竜達の中で最高齢の地竜ジオルダだった。

退化した翼は他の竜種達に比べて小さく、四足をだらんと垂らした体勢で滞空《たいくう》している巨体は、さながら亀か岩の塊《かたまり》のようだ。

地竜には温厚な性質の者が多いが、このジオルダはとりわけ穏やかな性格をしており、モレス山脈でも顔が広く、竜種同士の横の繋がりの中心に位置している顔役である。

ヴァジェの家族が巣立つ娘に、いざとなったら彼を頼るようにと伝えた事からも、その人脈の広さが窺《うかが》い知《し》れる。

「ドラン殿に一番懐《なつ》いていたのもヴァジェであるからな。かの御仁《ごじん》からの頼みとあれば従うであろう。ただ……いつからか、ヴァジェのドラン殿への態度が一変したな。あれ以来、随分《ずいぶん》と大人しゅうなりおったわ。そこに理由があろうよ」

老いたジオルダからすれば、孫娘と言っても差し支えのない深紅竜の態度の変化に、微笑ましいものを感じているようだ。

ジオルダが話したのは、ちょうどヴァジェがドランの魂の素性を知った時期の事だ。

その頃のヴァジェは巣立ったばかりで神経を尖《とが》らせていた上に、元々気性の激しい傾向のある火竜の上位種だけあって、同胞相手でもキャンキャンと吠《ほ》え立《た》てていた。

しかしある時から突然、ドランばかりでなく他の竜達に対しても態度を軟化させており、ジオルダやオキシス達の目を丸くさせた。

「お前さんもそう見るか。単純に男女の話と結び付けて考えてよいかというと、ヴァジェの目と態度を見るに、そうでもなさそうなのがまた奇妙であるよ」

首を捻《ひね》るオキシスに、ジオルダが頷く。どうやらヴァジェの乙女心と恋心は、モレス山脈の同胞達にはすっかり知られてしまっているらしい。

「恋慕《れんぼ》に勝《まさ》る輝きが瞳に宿っているからな。相当に強い崇敬《すうけい》の念だ。ドラン殿の中身は我らが思う通りなのか、それ以上の高位の竜であったのか……。当人に語るつもりはなさそうであるから、推測しか出来ないわな。だが、面倒だとは言うてやるな、オキシスよ。それに男女の話がまるっきりないわけでもないだろうよ。そうなると、肉体としては人間のドラン殿と、心身共に竜であるヴァジェとでは、いささか噛《か》み合《あ》わせの悪い組み合わせになってしまうのが心配じゃ」

とはいえ、竜種と人類との婚姻《こんいん》というのは、長い歴史上、幾例《いくれい》か存在している。

ドラゴニアンや竜人と呼ばれる種族とは異なる竜の特徴を持った人間などは、このように竜種と人類の血が混ざり合って誕生した場合が多い。

歳を食った男連中がヴァジェを気に掛けるのは、彼らからしてみると娘に相当する同胞の行く末が気にかかって仕方がないからか。

「お主ら、余計な話はそこまでにせいよ」

父親気分になっている男連中に釘を刺すように声をかけたのは、濃淡のある赤い鱗《うろこ》や花弁《はなびら》のように広がる幅の広い五本の角が特徴的な火竜のファイオラだ。

ちょうどオキシスと同年代の女竜で、ヴァジェと同じ年頃の娘を持つ身である。

「ヴァジェの事はヴァジェに、ドラン殿の事はドラン殿に任せよ。我らはどちらかから話を持ちかけられたら、応じればよかろうに。いい歳をした男共が何を野次馬根性など出しおるか。……まったく、聞いていて気分の良い話ではなかったぞ」

ファイオラに窘《たしな》められたオキシスが苦笑する。

「母親を経験した者の立場からすればそうなるか。しかし、当のヴァジェの奴が怒っとらんから、良いではないか。……いや、火炎弾の一つくらいは撃ち込んでくるかと思ったが、この様子では話そのものが耳に入っとらんな。確かに性格が丸くなったとはいえ、あれは緊張でもしておるのか？」

ヴァジェもベルンを訪問する一団に参加しているが、ジオルダ達の話に耳を傾けている様子はなく、多少緊張の面持《おもも》ちで眼下のドラン達を見つめているきりだ。

古神竜ドラゴンとしてではなく、人間として振る舞っている分いくらかましとはいえ、ドランを前にしている以上、ヴァジェは緊張せざるを得ない。

その様子を、ファイオラ達は事情を知らないなりに解釈していた。

「やはり、あのドラグサキュバスなる者が気にかかるのであろう。というか、この場にいる誰があの者を無視出来る？　お主らとて気になって仕方がないのを、あえてヴァジェの話題を振って誤魔《ごま》化《か》していたのではないか？」

ファイオラの指摘は実に正確であった。

この場にいる他の竜種達──雷竜クラウボルトや地竜ガントン、ウェドロらも、今回の協定の立会人として招かれたドラグサキュバスの女神の存在に、意識を引かれている。

古神竜ドラゴンの偉大なる力によってサキュバスからドラグサキュバスへと変わり、眷属《けんぞく》となった者達を、どうして竜種が無視出来ようか。

ゴッゴッゴッゴと、岩と岩がぶつかっているような笑い声を上げながら、ジオルダがファイオラをからかう言葉を口にする。

「お主は遠慮を知らぬ女性よな、ファイオラよ。お主のような激しい気性の主でも伴侶《はんりょ》を得られたのだから、ヴァジェもその内、良き夫を得られよう」

「余計な言葉を口走りすぎだ。年老いた大岩よ。あのドラグサキュバスの件がなくとも、ベルン村の者達の話は我らを集めるのに充分であった。それでも、ドラグサキュバスの存在は無視出来ぬほどに大きな案件であるのは確かよ」

「あの様子では、どうやら地上では神としての権能を揮《ふる》えぬという話は真のようだ。それでもあの者の魂に刻まれた竜の因子からは、確かにドラゴン様の気配が感じられる。ドラゴン様が転生なされたのは最近の話と耳にしたが、一体いつの間にドラグサキュバスを眷属とされたのか。お会いした時にお教えくださっていたなら、また心構えも違っていただろうに……」

「我らの都合でドラゴン様を煩《わずら》わせるわけにはゆくまい。さて、そろそろ下りるとしようではないか。あまり空を飛んでばかりいても、他の人間達に余計な不安を与えるだけで何も良い影響はない」

ファイオラの言葉をきっかけに、八体の竜達は思い思いに地上へと降下を始める。

古神竜ドラゴンの生まれ変わりが目の前にいるなどとは、夢にも思わずに。

†

寸鉄《すんてつ》も身に帯びず、無手のクリスティーナは、こちらへ向けて徐々に降下してくるヴァジェ達の姿を見つけて、小さく口角を吊り上げた。

巨大な竜種達が空を飛ぶ姿は実に壮観《そうかん》で、見ていて飽きなかったが、今日は話をする為にわざわざ集まってもらったのだ。

「お、ようやく下りてくるつもりになったらしいぞ」

屋敷の庭に用意された椅子に腰を下ろしたクリスティーナの呟きに、左隣に腰掛けているドラミナが応じる。

「少し言葉を交わしていらっしゃったようですが、モレス山脈に住むあの方達にとっても、前例のない話だと、慎重になっているのかもしれません」

二人は今、着用者の外見を著《いちじる》しく醜《みにく》く変化させる『アグルルアの腕輪』を着用している。

本来の彼女達の美貌は、たとえ竜種であろうとも問答無用に効果を及ぼし、種族の違いによる美《び》醜感覚《しゅうかんかく》を軽く超越して魅了《みりょう》し、正気を失わせる危険性がある為だ。

魅了された結果、空を飛ぶことも忘れて、あれだけの質量を持った竜種達が落下してきたら、ベルン村には決して小さくない被害が発生するだろう。

「そういえば、ドラミナの故郷でも竜種は珍しい存在だったのか？」

領主としてこの場に立っているという意識から、クリスティーナはドラミナに対して上司としての言葉遣いと態度を選んでいた。

これはこの場にいるドランに対しても同じだ。

そのドランはというと、こちらに視線を向けるヴァジェを見つめ返し、ふむ、と意味ありげに口《くち》癖《ぐせ》を零《こぼ》している。

ヴァジェはまだドランと接する機会があると、肩に力が入って心が休まらないらしい。

「こちらの大陸よりもだいぶ珍しい存在でしたよ。バンパイアは人類の中でもかなり長命な種族ですが、故郷で知恵ある竜種の話はほとんど聞きませんでした。亜竜の類でしたなら、また話は別ですが」

「バンパイア達と余計な諍《いさか》いを起こさないように避けていたのかな？」

ドラミナの話に頷くと、クリスティーナは同席している会計官のシェンナと騎士団長バランの顔を見て微笑む。

「それにしても、皆、緊張しすぎだ。ドランとドラミナを見習ったらどうだ？　顔色が悪いか冷や汗が凄《すご》いかのどちらかだぞ」

クリスティーナやドラミナはドランのみならず、アレキサンダーやバハムートなど、他の始原の七竜とも顔を合わせている為、今更何体の竜種を前にしても驚きはなかった。

しかし、常人であるシェンナ達からすれば、一生のうちに一度でも遭遇《そうぐう》するかどうかの竜種相手に緊張を隠せていない。

少しでもその緊張を解《ほぐ》そうと、クリスティーナとドラミナが小話などしたわけだが、どうやらあまり成果は出なかったらしい。

「男爵様、その、緊張するなと言われましても、これでも精一杯努力はしているのです」

眼鏡の奥の瞳をあちこちにさまよわせながら、シェンナはなんとか震える声を絞り出した。

ベルン男爵領の財布の紐《ひも》を握《にぎ》る者として辣腕《らつわん》を振るい、その能力を存分に発揮している才女も、人間など一口で丸呑みにする巨大な存在を前に、身体の震えを抑えられずにいる。

バランなどはまだ歯を食いしばって堪《こら》えてはいるが、文官である彼女に武官と同じ胆力を求めるのは酷《こく》すぎるだろう。

「いや、私も無茶な注文だとは思うよ。話は私とドラミナ、ドランに任せておいて、皆は気絶しないようになんとか堪えてくれれば格好は付くからな。まあ、後は興奮しすぎた竜教団の方達が乱入してくるような事態が起きなければ、特に支障なく話を終えられるだろうさ」

僅かな気負いもなく笑顔で語るクリスティーナの姿を、シェンナ達はこの時ほど頼もしく思った事はない。

複数の竜種達を前にして、今のクリスティーナのように全く怯まずにいられる者が、世界にどれだけいるだろうと、シェンナ達は感激さえしていた。

そしてついに巨大な竜種達が音もなく大地へと降り立った。

それに合わせてベルン側の全員が起立し、お互いに視線を交える。

随分と高低差のある視線の交錯は、とりあえずは平穏に始まった。

竜の側に侮蔑《ぶべつ》や傲慢《ごうまん》といった感情は希薄で、人間側の出席者にも一部を除いて恐怖や不安の色はない。

屋敷の外では竜教団の教徒や聖職者、野次馬達が様子を窺っていたが、いざ伝説の存在を目の当《まあ》たりにすると、圧倒的な威圧感と巨体を前にぱたりと声が絶えている。

会談を見られる事自体は構わないが、内容を聞かれるのは好ましくないという判断により、この場には遮音効果のある結界が張られている。しかし少なくとも周囲のざわめきは、結界を張らなくても勝手に消えてくれたようだ。

クリスティーナは眼前に並び立つ竜種達の姿を惚れ惚れと見回し、ドランの姿に体を半分ほど強《こわ》張《ば》らせているヴァジェの姿を認めて、頬《ほお》を緩める。

ある意味、この中で一番面倒な立ち位置にいるのがヴァジェだった。

ドランをドラゴンと知りながら同胞達にはそれを伝えられず、あくまでも友好関係を求めてきた人間として接しなければならず、その匙《さじ》加減《かげん》について常に頭を悩ませている。

本来、彼女はあまり頭の回転がよろしくないというのに。

「オキシス殿、ウィンシャンテ殿、クラウボルト殿、ガントン殿、ジオルダ殿、ウェドロ殿、ファイオラ殿、ヴァジェ殿。本日は我々の呼び掛けに応じ、こうして足を運んでくださった事に、まずは感謝を。私がアークレスト王国からベルンの地を預けられた、クリスティーナ・アルマディア・ベルンだ。永らく交わる事のなかった竜種のあなた方と、これからは良き縁《えにし》を結べるようにと、心から願っている」

舞台上の名女優のように大きく声を張り、堂々と言葉を連ねるクリスティーナに、竜達は少し感心したように目をパチクリとさせた。

自分達を相手に一片の恐怖を抱かずに、心の底から本気で来訪を歓迎していると分かったからである。

彼らにしてみても、ここまで度胸のある相手だとは思っていなかったのだろう。

補佐官であるドランや秘書のドラミナは、あくまでこの会談のベルン側の主役はクリスティーナであるとして、求められない限りは口を閉ざしている。

最初に竜側の年長者であるジオルダがクリスティーナに言葉を返した。明確な上下関係のない竜側で強《し》いて代表者を選ぶとなれば、この老地竜となる。

「なに、我らとて、言葉を交わす価値があると思えばこそ、こうして足を運んだのだ。貴殿の言う通りの良き縁を結べるかどうか、全てはこれから次第であるから、貴殿らと友好的な関係を結ぶかどうかは、まだまだ保障しかねるというものだ」

「交わりを持たぬと断じられるわけではないのでしょう？　ならば、後は我々の努力次第なのですから、それだけで私達にとっては充分です。それと、事前にお伝えしました故《ゆえ》、ご存じとは思いますが、こちらは今回の会談における立会人であるドラグサキュバスの女神リリエルティエル殿です」

これまで沈黙を守っていたリリエルティエルが、クリスティーナの紹介に合わせてしずしずと歩み出る。

クリスティーナ達と竜達の中間地点で足を止めた彼女は、たおやかな仕草で竜達に向けて深く腰を折る。

「ただ今クリスティーナ様よりご紹介に与りました、リリエルティエルです。この度は私と同胞達が古神竜ドラゴン様の眷属である事から、竜の方々とも関係があると、特別に立会人を依頼され、この場におります。古神竜ドラゴン様の眷属として、この度の会談の始まりから終わりまでを見届けさせていただきます。どうか私の事は気になさらず、お互いに忌憚《きたん》のない意見を交わし、飾らぬ相互理解を深められる事を願います」

条件さえ整えば三竜帝三龍皇すら上回る力を発揮出来るドラグサキュバスの女神に、竜達の視線が殺到する。

彼女から敵意が砂粒一つも感じないのを確かめて、竜達はようやく視線を引き剥がしたが、ドランの真実を知るヴァジェだけは比較的リリエルティエルへの警戒心は薄かった。

もっとも、女としては、ドラゴンの気配を纏《まと》う〝サキュバス〟という存在に苛立《いらだ》っている様子だ。

そんなヴァジェの内心を見透かして、クリスティーナやドラミナなどは微笑していた。

これは、既にドランと恋人である彼女達の余裕の表れとも言えよう。

「貴殿らの使者から聞かされてはいたが、これは確かにドラゴン様の気配。あの方が選ばれたというなら、立会人にこれ以上相応《ふさわ》しい方はおるまい。強いて難点を挙げれば、立会〝人〟と言うのはいささか語弊《ごへい》がある事くらいか。よもや女神がその役を担うとはな」

「そのように認めて頂けるなら、私もドラゴン様に胸を張って立会人としての役目を果たせるというもの。私はあくまで公正中立の立場として、どちらかに肩入れする真似はしませんが、私情を申せば、ベルンとモレス山脈の竜達の間に良縁が結ばれる未来を願います」

リリエルティエルは自分が口を出すのはひとまずここまでだ、と暗に態度で示し、クリスティーナと竜達に頷いた。

ここから先は人間と竜の話し合いの時間だ。

「ではベルン男爵、改めて名乗らせていただこうかの。わしは地竜ジオルダ。モレス山脈で眠りこけてばかりいる老体じゃが、その分顔は広いので、纏め役のような真似をしている」

竜達を代表するジオルダに続き、クラウボルトやウィンシャンテ達も名乗りを挙げていく。

彼らからすればただ普通に喋《しゃべ》っているだけなのだが、その巨体に見合う声量の大きさに、クリスティーナ達が少しだけ耳を塞ぎたい衝動に駆られていたのは、内緒の話だ。

ジオルダを皮切りにこの場にいる全員の自己紹介が済んでから、クリスティーナがこの会談の目的を口にする。

「私達があなた方に協力関係、あるいは同盟関係の締結を持ちかけたのは、今後、モレス山脈に我がベルンの人間が多く足を踏み入れる機会が増えるのを見越しての事です。その際に不幸な行き違いが生じないように、予《あらかじ》め正式に関係を結んでおくのを目的としています。そして、私は竜であるあなた方とも友好的な関係を築きたいと願っています。竜と人類とでは生物としてあまりにかけ離れてはいますが、こうして近くに暮らしているのですから。お互いに協力出来る点を見つけ出し、交流を重ねる事は、良い未来へ繋がると信じています」

これは嘘偽りのないクリスティーナの心情だった。

以前の古神竜ドラゴン殺しの罪に苛《さいな》まれていた時期の彼女ならば、とてもではないがこのような提案は考えられなかったが、今となってはこうした言葉も臆《おく》せず口に出来る。

また領主の立場から見ても、モレス山脈の竜達と関係を結ぶのには相応の利益があった。

まず、単純に竜達の強大な戦闘能力を背景とする軍事力の強化。

そしてモレス山脈に長く住まう彼らはかの地に眠る資源について熟知しており、今後山脈の開発を行う事になれば、彼らほど頼りになる案内役と護衛役はいない。

それにいずれはモレス山脈のみならず、山脈を越えたその先に進出する日も来るだろう。

そうした時にも、自在に空を飛び、竜語魔法を用いれば一度に大量の物資の輸送も出来て、かつ極めて高い自衛能力を持つ竜達は頼りになる。

「そちらの意図は承知している」

血のように赤いクリスティーナの瞳を見つめ返しながら口を開いたのは、雷竜クラウボルト。人間で言えばクリスティーナと同年代、二十歳になるかどうかの若い世代だ。

一日の多くを雲海の中で過ごし、高高度に棲息する大型飛行生物や雲などを食べて生きている雷竜だ。

その声は落ち着き払った青年のもので、苛立ちなどは含まれていない。

「これまで通りの暮らしをしていくのなら、おれ達と貴女達《あなたたち》との交流など不要なものだとしか思えない。だが、時折空の上から眺《なが》めていたこの村の著しい変貌《へんぼう》を考えれば、貴女達がこれまでとは異なる暮らしを送り、おれ達のような異種との交流を考えはじめたのも当然と頷ける。ましてや、竜の住処に足を伸ばすつもりがあるのなら、事前に話を通しておこうと考えるのは賢明な話だ。貴女の先見の明と聡明《そうめい》さには敬意を抱く」

意外にも理知的な印象を受けるクラウボルトの言葉に、クリスティーナ達は沈黙を選び、続きを待つ。

若き雷竜は、時折、考える素振《そぶ》りを見せながら言葉を紡ぎ出してゆく。

社会的地位のある人間と話す機会など、これまでのクラウボルトの〝竜生〟にはなかったので、彼なりに慎重に、努力して言葉を選んでいるのだ。

「おれ達は今の暮らしで何も不足を感じてはいないが、時折、深紅竜が機嫌の良い様子で貴女達の街に通う姿は見ていた。不足はなくとも新たな満足や充足を得られる機会はあると思う」

それを聞いてヴァジェの顔が面白い具合に歪《ゆが》んだが、口元をニヤつかせる者こそいても、指摘する怖いもの知らずはいなかった。

彼女ならばこの場であっても怒りのままに噴火しかねないという認識は、クリスティーナ達ばかりだけではなく、モレス山脈側の竜種にもあるらしい。

「ええ、単に物質的に豊かになるだけでなく、私達の持つ食事や音楽、演劇、文学、哲学、陶芸などをはじめとした文化を堪能していただければと思います」

「おれ達も歌を作ったり、料理をしたりはするからな。特に人間種の文化は多様性に富んでいる。おれ達にとっても良い刺激になるだろう。だが、それは平穏な時間での話だ。貴女達の呼び掛けに対しておれ達が応じた理由が別にある事は、改めて言うまでもないだろう？　残念だけれどもな。ベルン男爵よ、急《せ》かすようで悪いが、おれは〝それ〟を確かめたいのだ」

無論クリスティーナとて、その話を語らずに終わらせるつもりはなかった。

彼女が視線を向けると、ドランはすぐさま席を立ち、事前に用意していた映像を投射する箱型の魔法具を竜達の前に置いた。

箱の一つの面に握《にぎ》り拳《こぶし》ほどのレンズが埋め込まれており、内部に封入した光精石《こうせいせき》に記録した光学映像を増幅して空間に投射する品である。

ドランはヴァジェが終始自分に意識を向け続けているのに苦笑しそうになるのを堪えながら、レンズの横から突き出している小さな棒を倒した。

内蔵された魔晶石《ましょうせき》が反応して微量の魔力を発生させ、それが光精石に流れ込むと、映像が再生される。

映し出された映像に合わせて、ドランが説明を始める。

「こちらが、我々の捕捉《ほそく》した暗黒の荒野の軍勢に参加している偽竜達の映像です」

空中に投影されたのは、始祖竜より誕生した竜種達の不倶戴天《ふぐたいてん》の敵にして模倣者、偽造品、贋作《がんさく》たる偽竜の群れなす姿であった。

何体もの偽竜達が赤茶けた大地の上で整然と並んでいる。

竜種以外の生物であれば戦いを挑む事すら放棄して逃げ出す最強の種族達──の紛い者たる、偽りの竜達。

一口に偽竜と言っても、その姿は多種多様だ。

一見すれば正統なる竜種と区別がつかない姿の者。

空を飛ぶのに到底役に立たないような小さな翼を無数に伸ばし、紫色の瘤《こぶ》の合間から肉の触手を生やしている者。

百足《むかで》の如く長大な体から無数の足が伸び、顔面の半分を埋め尽くす複眼の昆虫めいた姿の者。

火を操る者、水を操る者、風を操る者、土を操る者。

雷を、光を、闇を、音を、氷を、病《やまい》を、毒を、熱を──様々な属性を帯びた、創造主の異なる無数の偽竜の末裔達《まつえいたち》が、一つの集団として成立していた。

異種族はおろか、同族同士でさえ殺し合うのが珍しくない偽竜達は、地上の竜と同様に群れをなし、集団として行動する事自体が稀な存在だ。

創造主や創造主を同じくする上位の悪魔や亜神の下で軍勢に組み込まれる例はあっても、よもや地上において偽竜達が秩序立った軍勢として成立する例は滅多《めった》にない。

これを成したのが邪神の系譜《けいふ》に連なる者であるのならば、地上の生命にとって恐るべき上位存在が降臨した事を意味する。

あるいは地上の北方の魔族達が偽竜達を統制しているのならば、それは偽竜すら支配するとてつもない王者の誕生を意味する。

どちらにせよ、いずれは偽竜を含む暗黒の荒野の軍勢と激突するベルン男爵領ならびにアークレスト王国にとっては、厄介という言葉では収まりきらない凶兆《きょうちょう》の体現だ。

映像の中の偽竜達は、自分達の前に立つ二人組の言葉に静かに耳を傾けているようだった。

その内一人は、青黒い肌に銀の髪、そして頭の左右から延びる湾曲した角、黒く染まった目の中に黄金の瞳を輝かせた端整《たんせい》な顔立ちの女。

もう一人は黄色い毛並みに覆われた獣の下半身と、背中から三本目の腕を生《は》やした、赤毛の幼い顔立ちの少年だった。

一世代ごとに特異な容貌《ようぼう》を持つのが珍しくない魔族の男女だ。

この映像を見ているドランが人間に生まれ変わってから初めて見る、この時代、この惑星の魔族――おそらく、魔界から地上に移り住んだ一派の子孫だろう。

神としての権能や神格はほとんどあるまいが、それでもバンパイアやドラゴニアンと同等かそれ以上の力を持ち、人型の生物として最強の一角を担うのは間違いない。

立ち居振る舞いからして、この男女が偽竜達の上司のようだ。

青黒い髪の女が身ぶり手ぶりを交えて何かを伝え、それを聞き届けた偽竜達が各々天高く舞い上がり、まもなくそれぞれ小さな集団に分かれて散った。

雲よりも高い位置に達した偽竜達は、彼方《かなた》の地上に設置された目標物に向けて、上空から偽・竜語魔法や暗黒魔法、ブレスを放ち、爆撃していく。

魔族達もそれを追って空中に浮かび上がり、偽竜達を監督している。

これ以外にも偽竜達が無数の兵を空輸し、特定の目標に対して降下して、迅速《じんそく》に仮想敵陣内に戦力を送り込む演習の映像などが続いた。

暗黒の荒野の軍勢は、既に偽竜を戦略と戦術に組み込み、実用訓練を行う段階に達しているのだ。

映像で確認出来た偽竜の数は五十体を超え、その眷属達も含めればさらに桁《けた》が一つ二つと増えるのは想像に難くない。

アークレスト王国のみならず、轟国《ごうこく》やロマル帝国といった大国の上層部も、この映像を見せられれば戦慄《せんりつ》するだろう。

ベルンにしてもモレス山脈に住まう真にして正統なる竜種達とその眷属が味方とはいえ、双方の竜同士の戦力差は決して楽観視出来るものではない。

ドランが偵察用ゴーレムを介して得た情報を見せられて、ヴァジェに至るまで竜種達が例外なく牙を軋《きし》ませ、全身から陽炎《かげろう》の如き闘志を立ち昇らせる。

しかし、これらの映像は数日前のものであり、今現在の暗黒の荒野の映像ではない。それに、遠からず偽竜達とは牙を交える時がやってくる。

紛い物共へ向けた敵意と闘志を爆発させるのはその時でよい。

竜達はどうにか画像から視線を引き剥がす。

クラウボルトが難儀しながら闘志と怒りを呑み込んで、クリスティーナに礼の言葉を口にする。

「ああ、なるほど、これはおれ達も戦わねばならんな。おれ達だからこそ戦わなければならん。ベルン男爵、あなた方ベルンから協力の申し出がなかったとしても、おれ達はおれ達で偽竜共らに戦いを挑んだだろう。それが始祖竜から生まれた竜種というものだ」

予めこのような反応をするだろうとドランから聞かされていたとはいえ、クリスティーナは、偽竜の姿を映像越しに見た途端に闘志を膨れ上がらせたクラウボルト達の姿に驚いていた。

同時に、偽竜達との戦いが終わるまでは、殺気立った竜種達の相手は自分かドランでないと無理だな、と結論を下したのだった。

何しろ、シェンナや他の文官組の顔色が青一色に染まりつつある。

ドランが竜種達の放出する闘志をさりげなく和《やわ》らげていなかったら、この場で気絶していたに違いない。

「我々からしても、強大な偽竜達の集団と戦わなければならぬ事を考えれば、真なる竜種であるあなた方の助力を得られるかどうかは、文字通りの死活問題です。偽竜の存在を証明出来れば、きっと協力を得られるとは思っていましたが、実際にそうなるかどうかは一種の賭けでした。見る限り、結果は吉と出たようで何よりです。ただ、一つだけ言わせていただけるのでしたなら、あなた方との友好は偽竜の脅威などではなく、もっと穏便《おんびん》な形で結びたかったと思っています」

口惜《くちお》しそうなクリスティーナの表情を見て、クラウボルトが僅かに目を細める。

「この状況で心の底からそんな言葉を口にするのだから、貴女は本当に暗黒の荒野の者共との戦争以外でも、我々と友好的な交流を持とうとしているのだな」

「もちろんです。今回の戦争の件は、暗黒の荒野の者共が余計な真似をしでかしてくれたと、心底から忌々《いまいま》しく思っているのですから。魔族とはいえ、地上で暮らしているのならば、必ずしも敵対する必要はありません。場合によっては彼らとも手を携《たずさ》える事も視野に入れていました。しかし
――」

魔族との共存も視野に入れていたというクリスティーナの発言には、ヴァジェを除く竜種達も驚かされた。

魔界側の神々の子孫ないしは眷属である魔族と、地上の人類達は基本的に相容《あいい》れないものだ。

神の仲介などを経て、地上の魔族が他の人類等と節度を持って共存する例はあるが、この惑星においては極めて稀、あるいは前例のない話である。

まだ若く柔軟な思考の持ち主であろうとも、クリスティーナのように直接的にこのような言葉を口にするとは信じがたい。

「暗黒の荒野を統一した者は、荒野のみならずこの大陸の支配を、ひいては他の大陸全てを含めた世界の征服を望んでいます。この場合、魔族であるからではなく、武力による世界制覇を狙う相手であるから、戦わなければならないのですよ」

「敵首魁《てきしゅかい》の思想まで把握済みか。よければおれ達にも今分かっている限り――いや、話せる範囲で構わないから、情報を共有してもらえるとありがたい」

「もちろん、お伝えする予定でした。既に我らの主君であるアークレスト王家にも伝えてある情報ですが、暗黒の荒野を統一したのは魔界に堕ちた軍神サグラバースを祖とする魔族の一派と思われます。そして、暗黒の荒野に棲息していた多種族を支配下に収め、一つの勢力として統合したのは、魔王を僭称《せんしょう》するヤーハームという男です。彼を筆頭に、強力な魔族と各種族の精鋭達を幹部に据え、まずはこの大陸全土の制圧を狙って、いよいよ動き出たわけですね」

竜達は皆、クリスティーナが語る情報に真剣に耳を傾ける。

「当面、彼らは暗黒の荒野の西にある大国との戦争を主眼に置いているようですが、私達へもその手を伸ばすのは遠い未来の話ではありません。彼ら暗黒の荒野の者達は、彼らの古い言葉で『灰色の世界』を意味するムンドゥス・カーヌスを名乗り、建国しました。よって私達は、暗黒の荒野に発生した敵性勢力をムンドゥス・カーヌスあるいはその頂点に立つ者が魔王を名乗る事から、魔王軍と呼称しています」

「灰色の世界、か。暗黒の世界たる魔界より光と闇の混在する地上へ移住したが故の名付けであるかな？　それよりは魔王軍の方が端的で呼びやすいな。今更かもしれんが、このおれ、雷竜クラウボルトは、魔王軍との戦いにおいて全面的にベルン男爵に協力する事を約束しよう。貴女の言葉には信を置けると感じられたし、あの映像を見る限りでは、ただ偽竜共とだけ戦えば済むという話でもあるまい。ならばこちらも相応に協力者を求めるべきだとおれは思う。他の皆はどう考える？」

答えは分かり切っているが、クラウボルトがあえて問いかける事には大きな意味があった。

この場に集《つど》った竜達には横の繋がりや年長者への敬意こそあれ、明確な上下関係が存在するわけではない。

誰かが協力を申し出たとしても、それはその誰かだけの意思表明であり、この場に集った八体の竜全員の意思表明とはならないのだ。

当然、クラウボルトの意図を悟れぬ竜はこの場にはおらず、ファイオラやガントンなどは〝小僧っ子が〟と、聡《さと》い若造の気遣いに苦笑しながら承諾の言葉を口にした。

「地竜ガントンの名において、アークレスト王国ベルン男爵クリスティーナ殿よりの申し出を受諾する。忌まわしき偽りの竜と、それらと共に戦禍を広げる魔の眷属を討ち滅ぼす力となろう」

「始祖竜の末裔の一席に名を連ねる者として、火竜ファイオラもまた、ベルンと名付けられた地に住む者達に助力しよう。我が赤き火炎は我らの敵を灰へと変えるだろう」

二竜がそれぞれの名において重い誓約を口にした。

これを皮切りに、残るウェドロやウィンシャンテ達も次々に自らの名前や祖となる竜達の名を告げて、正式にベルン男爵領との協力を確約していく。

そして最後に残されたのは深紅竜ヴァジェ。

ドラン達が学生だった頃からの知り合いであり、この中で最も協力的であろう、美しくも苛烈《かれつ》なる少女だ。

彼女は一際厳粛《ひときわげんしゅく》な面持ちでクリスティーナとドラン達を見下ろしながら、言葉を紡ぎ出す。

「偉大なる始祖竜、そして始原の七竜より分かたれた真なる竜種として、深紅竜ヴァジェは全身全《ぜん》霊《れい》をもって偽りの竜達と戦い、ベルンの地に住まう者達に寄り添う事を誓う」

その言葉を聞き、ヴァジェと付き合いの長いウェドロやオキシスなどは、この娘がここまで厳粛な面持ちと言葉遣いが出来たのか、とかなり失礼な驚きに見舞われていた。

とはいえ、ヴァジェは目の前に古神竜ドラゴンの生まれ変わりがいると知っている。

そのドランが古神竜としての権威を振るうのを嫌っているのは重々承知であるが、それはそれ、これはこれ。

地上の竜種である以上、古神竜を前に気の引き締まらぬ者はまずいないのだ。

「ありがとうございます。アークレスト王国ベルン男爵クリスティーナ・アルマディア・ベルンの名において、ここに誓いましょう。あなた方との末長い親愛に基づく関係を築き上げ、そしてあなた方からの信頼に応えられるよう、全霊を賭《と》して努力する事を」

こうしてモレス山脈に住まう竜種達とベルン男爵領との間で、極めて稀なる人類と竜種との正式な交流が幕を上げた。

竜種の勢力との交流という点では、アークレスト王国は既に水龍皇龍吉の治める龍宮国と正式に国交を持つに到っているが、これらのどちらにもドランの存在が関わっている。

この事実に、アークレスト王国はもちろん、周辺諸国も注視するのは必然であった。

とはいえ、今後の暗黒の荒野の軍勢——ムンドゥス・カーヌスの軍勢との戦いにおいて、どの道ベルンは注目されるだろう。

警戒はともかく、今のうちに先行投資をしようという気になってもらえたら儲《もう》けものだと、ドランはまるで気にしていなかった。

†

会談が終わり、竜種達の多くは一旦、眷属達の意思統一を図る為に山脈にあるねぐらへと帰っていった。

ただし、ウェドロはベルン村に来ている人魚達の様子を見る為に、そしてヴァジェはドラン達と話をする為に、それぞれ竜人へ姿を変えて残っている。

竜種達の来訪にベルン村の人々が大いに賑《にぎ》わう中、屋敷へと戻ったドラン達は、竜人の姿で気の毒なくらいに萎縮《いしゅく》しているヴァジェと顔を合わせていた。

この場には、立会人を務めたリリエルティエルの姿もある。

「ドラン様、この度は仕方のない事とはいえ、見下ろすような真似をしてしまい、なんとお詫《わ》びすればよいか」

余人の目と耳を完全に遮断した執務室の中で、ヴァジェは今にも床に頭突きをかまして陥没《かんぼつ》させかねない勢いで腰を折って頭を下げた。

これにはドランはもちろん、クリスティーナやセリナ、ドラミナ、ディアドラ達も微笑ないしは苦笑を誘われる。

竜種である事に強い誇りを持つこの少女は、古神竜であるドランに向ける敬意がとりわけ強い。

あの会見の間、さぞや肩身の狭い思いをしていただろう。

「必要だったのだから、気に病《や》む必要など何もないさ。今回の会談に関して、ヴァジェには陰で多くの協力をしてもらっているし、私の方が感謝しなければならないくらいだ。それにしてもすまないな。火龍皇項鱗《かりゅうおうこうりん》のところで気苦労を重ねている分、こちらで他の竜達の目を避けて、気を休めてもらえればと思ったのだが……どうにも私の配慮が足りていなかったようだ」

そう言ってドランが頭を下げると、ヴァジェはますます恐縮する。

「いいえ、そのような……。何より、暗黒の荒野で偽竜共が戦《いくさ》の用意を進めているのが原因でございます。決して御身《おんみ》が気に病まれる必要はございません。ただ、恐れながらお伺いしたき事も……」

「ああ、私に答えられる事ならばなんでも答えよう」

「人間ドランとしてならば、御身が先程のように竜種と会談の機会を持たれるのも、卑小《ひしょう》な我が身にも理解出来ます。しかしながら、古神竜ドラゴンとして、地上に住む我らにお命じにならないのは何故でしょうか？　他の種族と協力してこの地に蠢く偽竜共を一掃せよと、一言そうご下命くだされば、モレス山脈以外の大地に住む同胞達も、息せき切ってベルンの地に駆けつけるでしょう」

何故？　と視線と合わせて問いかけてくるのは、ヴァジェばかりではなかった。

クリスティーナやセリナも、ドランの持つ権限の巨大さは理解していたから、疑問に思わなかったわけではない。

「以前、月にて三竜帝三龍皇達と会う機会があったが、その際に私の方から地上に住む君達への助力の是非を問いかけた。答えは、地上の問題は自分達の力で解決するというものだったよ。私はそれを好ましく思ったし、可能な限り尊重したい。今回の件は、それに倣《なら》った判断だ。古神竜ドラゴンとして私が動くのは、古神竜としての私同様にこの地上には本来在《あ》るべきではない者達と相対した時と決めているのだ。ムンドゥス・カーヌスの偽竜達の中には、そこまで力を持つ者はいなかったから、今回はヴァジェを含めモレス山脈の同胞達への助力を求めるまでに留めたわけだ」

「左様でございますか。僭越《せんえつ》ではありますが、私も三竜帝三龍皇の方々と同じ考えです。地上で起きた問題は、竜界ではなくこの地上で生まれ育った私達自身が挑むべき問題でしょう。それが解決出来るか否かもまた我らの努力次第。ただ、私を含めて、皆が竜界の方々がお出《い》であそばしているこの時期によくも……と、怒りが胸の内に煮え滾《たぎ》っておりますが」

「はは、私達の存在だけでも発奮材料にはなったか。なあに、それくらいは許容範囲だろうさ。さてヴァジェ、ムンドゥス・カーヌスの連中との戦いにおいては、ベルンの人間種の兵士達とも歩調を合わせる必要がある。君達にはさぞや窮屈《きゅうくつ》な事になるとは思うが、私やドラミナ、クリスにセリナ、ディアドラも戦列に加わる。それに、リネットもベルン遊撃騎士としてここぞとばかりに奮戦するだろうな。いざ開戦となった暁《あかつき》には、私と君とは戦友という立場になるわけだが、君の奮闘と期待しているよ。これだけの面子《メンツ》と戦わなければならない相手の方が可哀想《かわいそう》なくらいだがね」

「は、はい！　私達の目の前に立つ紛い者共を灰すら残さず燃やしつくしてご覧に入れます！」

ドランの何気ない激励の言葉一つに、ヴァジェは明らかに全身を紅潮《こうちょう》させて歓喜の熱を発し、室内の気温を急上昇させる。

それを見て、付き合いのほとんどないリリエルティエルでさえ、実際の戦場で張り切りすぎたヴァジェが地形を変えてしまうくらいの事はありそうだ、と想像するのだった。

第二章――　ガロアから嵐がやって来る

ヴァジェ同様、ドランの言葉一つで天と地ほども極端に機嫌が変わる少女が、もう一人いる。

最近ではガロアとベルンとで離ればなれになり、手紙のやり取りでなんとか寂寥感《せきりょうかん》を誤魔化し、少しずつ〝親離れ〟の道を歩きはじめていたはずの少女――レニーアである。

ヴァジェが歓喜を覚えていたのと同時刻、ガロア魔法学院の中庭には、傲岸不遜《ごうがんふそん》の極みとしか見えない態度で腕を組むレニーアの姿があった。

彼女の前には今、昨年の競魔祭《きょうまさい》で代表を務めたネルことネルネシアと、今年になってから交流を持つようになった三名の男子生徒が立っている。

少し離れた所では、レニーアの親友にして同居人のイリナ、これまた気を許している同級生のファティマと、彼女の使い魔である半人半吸血鬼シエラが見守っている。

レニーアは華奢《きゃしゃ》な体からは想像もつかない威圧感を発し、暴君そのものという雰囲気《ふんいき》で彼らに言い放つ。

「来たる競魔祭の二連覇に向けて、まるで力の足りていないお前達を、鍛《きた》えて鍛えて鍛え抜く為、四日後から、ベルン男爵領にて強化合宿を行う！　お前達の骨《ほね》の髄《ずい》、精神の奥底までこの私が叩き直して、壊して、潰して、強靭《きょうじん》なものに作り替えてやるから、覚悟しておけ！」

このような台詞《せりふ》を口にしていても、レニーア・ルフル・ブラスターブラスト。花も恥じらう十七歳の乙女である。

黙ってさえいれば誰もが惚れ惚れと見つめる、妖精のように愛らしい少女だ。

黙ってさえいれば……そう、黙ってさえいれば。そして黙っている事の方が少ない少女であった。口を開けばおよそ外見に似合わない傲岸不遜なる言葉が飛び出し、その小柄《こがら》な体からは他者を圧倒する強烈な自信という名前の重圧が放たれる。

肉体こそ人間の父母の間に生まれた純粋なる人間種だったが、魂は大邪神カラヴィスが生み出した、古神竜の因子を持つ神造魔獣《しんぞうまじゅう》という、おそらく世に唯一無二の存在である。

そのレニーアは、在籍するガロア魔法学院において極めて有名な生徒であり、同時に特級の問題児でもあった。

成績は極めて優秀なのだが、興味のない授業にはほとんど目もくれず、進級に必要最低限な分しか受講していない。

友好関係はひどく狭く、彼女とまともに言葉を交わす生徒は両手の指にも満たないほどだ。

そんなレニーアを一躍有名にしたのは、昨年執り行われた五つの魔法学院の生徒達による、魔法戦闘能力の競い合い――競魔祭において見せた凶悪なる戦闘能力だった。

彼女を含む五名の代表選手は、全試合全勝利による優勝という、燦然《さんぜん》と輝く陽光の如き実績を打ち立てた。この偉業が当時の代表選手の評価を大いに高め、ガロア教師陣の鼻を高くさせたのは言うまでもない。

しかしそれは同時に、翌年以降の生徒にとって途方もない重圧になった。

特に、昨年の代表五名のうち、レニーアとネルネシアを除く三名が卒業した為、戦闘能力の大幅な低下は免《まぬが》れない。

この揺るぎない事実が、ガロア魔法学院の生徒達に重くのしかかっている。

競魔祭は五名と五名とで試合が行われ、三勝をあげた側が勝利となる試合形式だ。

今年も残った二名――レニーアはまず誰が相手でも勝てる実力を持っているが、ネルネシアは他校の最強格と当たった場合、必ず勝てるとは言い切れない。

その為、少なくともあと二人、ネルネシアや卒業したフェニア級の実力者が欲しい――と、レニーアや魔法学院の教師達は考えていた。

フェニアやネルネシアにしても、十年に一度、あるいはそれ以上の逸材である。冒険者や傭兵だったなら、既に超一流の実力者として名が知られていただろう。

しかも昨年の競魔祭に向けた特訓では、水龍皇や始原の七竜を相手に研鑽《けんさん》を積むという環境にも恵まれた。その為、才能だけはネルネシアやフェニアに匹敵する者がいたとしても、経験を踏まえた実戦能力まで同じ水準に達するのは極めて困難だ。

つまり、卒業した三名――すなわちドラン、クリスティーナ、フェニアの穴を埋めうる人材は、ガロア魔法学院はおろか世界中どこを探したとしても、到底見つからないのだ。

彼女らに準ずる人材として名が挙がるのは、昨年の競魔祭出場者を選定する予選会に出場した生徒達だが、残念ながら何人かは既に卒業している。

さらに悪い事に、ドランに良いところを見せようと奮起したレニーアと昨年の予選会で対戦した生徒達は、一年経っても拭えぬ恐怖を植え付けられ、出場を強固に辞退している。

このような事情もあって、今年、競魔祭出場選手として選定されているレニーアとネルネシア以外の三名は、ガロア魔法学院の最精鋭とは言い切れないのが現在の状況である。

そしてそんな現状に対し、敬愛するドランに続かんと競魔祭二連覇を狙うレニーアが、手をこまねいているわけがなかった。

先程レニーアが口にした台詞は、同じ競魔祭の代表生徒達に向けて、ベルン男爵領での強化合宿実施の宣言だ。

中庭には五名の代表生徒以外にも、ファティマやシエラ、イリナの姿があるが、この三名はネルネシアやレニーアと懇意《こんい》にしているので、決して場違いというわけではない。

さて、ガロア魔法学院で最も態度が大きく、横柄《おうへい》な事には定評のあるレニーアの対面に立っている三名の男子生徒が、新しく加わった代表である。

一人は、昨年の予選会でドランと激闘を演じた、長身痩躯《ちょうしんそうく》に眼鏡が特徴的なゴーレムクリエイター、マノス。

菌糸類との親和性が高そうな風貌《ふうぼう》で、痩《や》せた体ともじゃもじゃとした髪に、眼鏡の奥の知性の光は相変わらずだった。

彼が造り出すゴーレムの性能はドランも認めており、代表生徒としては納得の人選である。

二人目はクシュリという飛蝗《バッタ》の虫人《むしびと》。今年二年生になるレニーアの後輩だが、競魔祭並びに予選会へは初出場だ。

それなりに整ってはいるが、どこか野性的な雰囲気を感じさせる顔つきをしていて、黒い髪の間から飛蝗の触角が飛び出て、両足は茶色い甲殻《こうかく》で覆われている。

虫人特有の強靭な脚力を秘めており、魔法によって魂と肉体を構成する飛蝗の因子を強化し、人間大の昆虫としての身体能力をさらに高めて戦う、肉弾戦に特化した魔法戦士である。

そして三人目の男子生徒は、青みがかった毛皮が美しい青虎人《あおとらびと》の少年だ。

この面子の中では唯一の一年生であり、やや吊り上がり気味の黄金の瞳を持ち、あどけなさを残

しつつも色香《いろか》すら感じさせる妖《あや》しげな顔立ちと、しなやかな体つきをしている。

　青黒い髪は長い三つ編みにして垂らし、半袖半ズボンの制服からは青い毛並みに包まれた手足がスラリと伸びる。

　野生動物の獰猛《どうもう》さと力強い生命力、そして男として成長しきる前の少年の瑞々《みずみず》しさとを併《あわ》せ持った、美しい生き物であった。名をアズナルと言う。

　冬の間から次の競魔祭の出場選手については話題となっており、彼ら三名以外にも有力株の生徒達は幾人《いくにん》かいた。

　だが、そのことごとくがレニーアの厳しいという言葉では表現しきれぬ審査に耐えきれず、櫛《くし》の歯が抜けるように脱落していき、最後に残ったのがこの三名だった。

　腕を組み、フンスと荒々しく息を吐くレニーアに対して、アズナルが元気よく〝はい〟と声を出しながら挙手をする。質問の許可を求めているのだ。

　猫のように気まぐれなところがあり、それがまた一つの魅力となって、多くの女生徒から人気のあるこの少年は、レニーアを相手にしても怯まない胆力の持ち主である。

「先輩、ベルン男爵領に合宿に行くのはいいとして、相手方に許可は取ってあるんですか？　いつもの面子で特訓をするのでも、ぼくは構わないですけれど、せっかくベルン男爵領に行くんだから、やっぱりベルン男爵様やドランさんが相手をしてくださるのかなって、期待しちゃいますよ」

「案ずるな、青猫よ。既に私の方でドランさんとクリスティーナにも連絡は済ませてある。ベルンに行ったのに特別な相手はいませんでした、などという笑えぬオチはつけぬわ。クリスティーナはともかくとして、ドランさんは私を含めてガロアの誰もが勝てなかったお方よ。青猫もクシュリも存分に鍛えていただくがいい」

レニーアのドランに対する行きすぎた敬意には関しては、これまでの短い付き合いで嫌というほど思い知らされたアズナルとクシュリは、何も言わなかった。

ドランの実力は、二人とも昨年の予選会や競魔祭本戦でたっぷり見たから疑うところは何もない。しかし、レニーアをここまで心酔《しんすい》させるとは一体どんな人物なのかと、尽きぬ疑問を抱いていた。

「先輩がそこまで言うなら信じますけど、ベルン男爵領まで往復して、しかも何日か滞在するってなると、結構、日数掛りますよね？　夏季休暇にはガロアに戻りたいんですけど……」

「うむ。クシュリとお前達の副業については、私も承知している。奨学生のお前達が家計の助けとなるべく色々と頑張っているのは、実に感心。良い事である。家族の助けとなる為に努力するのは素晴らしい。もっと励むが良い。私がお金を都合してもよいが、施《ほどこ》しを受けるほどの困窮《こんきゅう》でもないようだし、求められぬ限りはやめておくぞ。本当に困ったら頼って構わんからな」

クシュリとアズナルはどちらも平民出身者で、高いその実力と頭脳を買われて奨学生としてガロア魔法学院に通う身だ。

魔法学院での活動資金と家への仕送りを確保する為に、学院事務局からの依頼以外にも、家庭教師や魔力の籠《こも》った小物作りなどでお金を稼いでいる。

その辺の事情はレニーアも承知の上であったし、家族の為にと働く姿勢を高く評価している。これは邪神産ながら、レニーアがドランと今生の父母から強い影響を受けているからだ。

「先輩がそんな風に言ってくれるのは……失礼だと思いますけど、意外ですね。てっきり競魔祭の優勝を最優先しろって怒鳴られるかと思っていました。ねえ、クシュリさん？」

「ん？　ああ、おれもアズナルと同じ事を考えた。レニーアさんならおれらの事情なんか無視して自分の都合に付き合わせるもんだと思い込んでいたぜ」

顔を見合わせるアズナル、クシュリを前に、レニーアは鼻を鳴らす。

「ふん、お前達の中で私がどういう評価を受けているか、理解出来るというものだな。それを真っ正直に言うあたり、命が惜しくないらしい。だが……まあ、お前達のその評価も分からんではない。以前の私であったなら、お前達の都合も心情も考慮する価値を見出《みいだ》さなかっただろう。アズナル、クシュリよ、しかし私とて成長なり学習なりはするのだ。特に家族の為にと働く者達へは、人並みに配慮出来るようになったという自負がある」

ここでレニーアは、エッヘン！　とばかりに制服越しにも流麗《りゅうれい》な線を描く胸を偉そうに少し反らしたが、特別、自慢するような事ではないはずだ。

ファティマとイリナはレニーアを手間のかかる妹のようにニコニコと見守っているが、ネルネシアとシエラはいささか呆《あき》れ気味である。

「合宿に付き合わせている間の授業については、競魔祭に出場する生徒の特権で、ある程度は免除になる。進級出来ないほど単位を取り零しているのは流石《さすが》に許容範囲を超えるが、お前達はそこまで不良生徒ではあるまい？　今年は私もきちんと成果を出しているからな。昨年の二の舞にはならん」

去年、単位が足りずに競魔祭出場に待ったをかけられたレニーアの言葉には、妙な説得力があった。

当時レニーアは、ようやく出会えた魂の父たるドランに情けない事情を晒《さら》す羽目に陥って、不甲《ふが》斐《い》なさと自分への怒りで頭がおかしくなるかと思ったものである。

今、思い出してみても、自分で自分の心臓を抉《えぐ》り出《だ》し、頭蓋《ずがい》を叩き割って脳味噌を引きずり出して、ドランに詫びたくなるほどで、笑って話せる思い出には一生なりそうにない。

レニーアがこの記憶を恥じているのは傍目《はため》にも明らかで、詳しい事情までは知らないクシュリやアズナルも、見えている地雷に触れる勇気はなかった。

「私とネルネシアで二勝を確保するにせよ、三勝目を得る為にはお前達の力をとにかく鍛え上げなければならん。狙うは全試合全勝利だ。いいな？　それを成す為に、貴様らは地獄に落ちるような目に遭《あ》おうとも、立ち上がらねばならん。お前達にも男の意地くらいはあるだろう。それに競魔祭での活躍は、そのまま魔法使いとしての将来へと直結するからな。お前達が奮起せぬ理由はあるまい。……まあ、マノスは別だろうが」

これまでレニーア達の会話に口を挟まずにいたマノスはと言うと、ベルン男爵領での合宿宣言を耳にして以来、その場に座り込んでいた。

何やら空中に指で文字を書き込み、小声でブツブツと呟き続けている。

「久しぶりにドランのゴーレムを見られるな。彼の事だ、間違いなく新しい物を作っているに違いない。それにリネットの調子はどうだろうか。ガンドーガもそうだ、あれにはおれも知らない技術がかなり投入されていたが、今はどれくらい改修が重ねられている？　ふふふふははははは、想像するだけでも今から滾ってくるぞ、くはははははは」

彼は明らかに声をかけてはいけない人種の笑い声を零し、ベルン男爵領で目にするだろう技術の数々を妄想《もうそう》して悦《えつ》に入《い》っている。

ドランも認めるほどの情熱と技術の持ち主であるマノスだが、その技量に比例していささか変わった人格の主でもあった。

得てしてこの手の天才肌の人間は、〝こう〟なるものだ。

クシュリもアズナルは、そっとマノスから視線を外した。

レニーアはマノスがベルン男爵領行きに前向きだと解釈して、さして気にも留めていない様子で続ける。

「アークレストの西と東が騒《さわ》がしい昨今だ。戦える魔法使いはどこの領地でも渇望《かつぼう》されているだろうよ。競魔祭で使える人材だと宣伝出来れば、お前達も就職先に困るような事にはなるまい。それでも上手く行かなかったら、私が実家かベルン男爵領に方に口利きしてやろう。いずれにせよ、今のお前達に出来るのは、ベルン男爵領での特訓で、一皮も二皮も剥けて強くなる事だけだと心得るがいい」

そう傲然《ごうぜん》と告げるレニーアの姿は、小憎らしいなどという可愛いものではなく、いっそ腹立たしいくらいだ。

しかし彼女がそんな態度を取るに相応しい実力の主であるのも、クシュリとアズナル達はよく知っていた。

これでもレニーアは、終焉竜戦で力を振り絞った影響で本来の力を発揮出来ない弱体化状態なのだが、地上世界の基準で考えれば今もなお世界最強格であった。

†

どれほどの激務の中にあろうとも、仕事の効率維持と労働者の心身の調和を保つのに、定期的かつ長時間の休息は必要不可欠である。

たとえその労働者が三日や四日はおろか、十日だろうが不眠不休で働ける——超人種として人間の規格を越えた体力を有するクリスティーナであっても、話は同じだ。

日夜書類と格闘し、村全体で行われている拡張工事の現場へと視察に出掛け、日ごとに増える商人達や各教団関係者と会合を持ち、就職希望者との面談をこなす。

そのような日々は、体力の上では全く問題ないとしても、まだうら若い少女の精神には相応の疲労を蓄積させていた。

ドランの提案により、一度遥《はる》か遠方の迷宮都市で身分も立場も忘れて大立ち回りを演じた結果、精神的疲労は大きく解消されたが、こまめに解消するのは良い事である。

では、クリスティーナが普段、どのような方法で気晴らしをしているかと言うと、どれもごく有り触れたものだった。

美味《おい》しい物をお腹いっぱい食べる、領内にある温泉施設でのんびりする、気心の知れた仲間達とまったり過ごすなど。

その中でも特にお気に入りとしているのは、立場上は臣下であり、同時に恋人でもあるドランと二人きりで過ごす蜜月の時間だった。

クリスティーナの秘書と遊撃騎士団の一員を兼ねるドラミナは今、月に数回設けられた日中のお昼寝時間中である為、屋敷の中の私室で棺桶《かんおけ》に入り、心身を休めている。

ドラミナはバンパイア六神器の所有者であり、古神竜の血を継続的に摂取して太陽の光に対して強い耐性を有する。

それでもバンパイアである以上、昼は眠り、夜に起きるのが正しい生態だ。

その為、知らぬうちに体が蝕《むしば》まれる事態を危惧《きぐ》して、彼女は一ヵ月に三日から五日ほど、太陽が昇る時刻には棺桶の中で陽光を避けて心身を休めると、ドランと約束している。

セリナは故郷ジャルラからやってきた同胞達の案内の為に忙しく領内を歩き回っており、ディアドラは責任者を務める植物園で希少な草花を求める外部の者達との交渉中だ。

リネットは、面倒を見ている人造人間――天恵姫《てんけいき》のガンデウスとキルリンネの指導、さらにドランがクリスティーナと過ごしている間は彼の業務の代行を務めている。

これら女性陣が配慮したお蔭で、クリスティーナは無事にドランと二人きりで過ごす時間を満喫《まんきつ》出来る環境にあった。

ちなみに、クリスティーナの家族であるフェニックスの幼鳥ニクスは、今日も自由にベルンの上空を飛びまわり、時折すれ違う異種の雌鳥を口説いている。

純粋にナンパを楽しむのとクリスティーナへの気遣いが、それぞれ半々ずつといったところか。

ガロア魔法学院在学時もそうだったが、クリスティーナの私室には、その身分を考えると驚くほど物がない。

これは貧しかった子供時代の影響で、彼女自身に食欲を除いて物欲が乏しい為だった。

主だったものと言えば、愛剣エルスパーダとドラッドノートを手入れする為の道具一式と、身だしなみを整えるのに必要な化粧道具《けしょうどうぐ》や、衣装の類を収納した衣装箪笥《いしょうだんす》くらい。

他にも武骨な全身甲冑《ぜんしんかっちゅう》や木彫りの猫や鳥の置物などがあるが、これらはいざという時には自律稼働してクリスティーナの身を守る、小型のゴーレム達だ。

そんな貴族という身分に対する煌《きら》びやかな印象からは程遠い私室に置かれたソファの上に、ドランとクリスティーナの姿があった。

開け放たれた窓からは夏の涼風が吹き込み、白いレースのカーテンを陽炎のように揺らす。

部屋に置かれた花瓶に生けられた何色もの薔薇のあえかな芳香が室内に満たされている。

クリスティーナは頬を恥じらいで赤く染めながら、ソファに腰掛けるドランの膝に頭を預けていた。

既にお互いを恋人と認識しているものの、まだまだ恋人らしい振る舞いには二の足を踏んでいる段階だった。

クリスティーナに限らず、ドランが全員に対してどこか父親か祖父のような保護者気分を抱いているせいでもあるだろう。また、そもそも彼の魂が、人類とはかけ離れた竜種の感性を備えているのも理由の一つに挙げられる。

「な、なあ、ドラン」

普段の凛《りん》とした響きはどこかへ消え去り、か細く震えた声に、クリスティーナの髪を優しく撫でながらドランが応じる。

聞く者の心を安心させる、強い父性と包容力に満ちた柔らかい声だった。

「なんだい、クリス。改まった感じがしているね」

「いや、実はというか、セリナのご両親がこちらに一時的に来られたし、私の方もだね、そのう……」

言いにくいというよりは口にするのが気恥ずかしいのだろうと、ドランはクリスティーナの語尾がもにょもにょと誤魔化された理由を察した。

ドランはまだクリスティーナの両親に挨拶していない。

セリナの母セリベアと父ジークベルトへの挨拶も既に終えたので、クリスティーナも自分達の関係をさらに前へと進めようという考えに及んだのだろう。

「ふむ、クリスの実家となると、アルマディア侯爵様に侯爵夫人様、それにクリスの兄君ご夫妻とも挨拶をするべきかな？」

「当主である父と、次期当主の兄、それに二人の妻である義母《はは》と義姉《あね》には挨拶をしないとならないと思う。それに、弟と妹も君に会いたがる。二人ともまだまだ子供だが、その分、君の事も受け入れやすいだろう」

「クリスのご家族か。君が乗ってきた馬車に積まれていた荷物を見るに、表には出さないが相当クリスの事を気にかけていたと見受ける。平民上がりの男が、自分の娘を……と睨《にら》まれたりはしないかな？」

「どうかな。それを言ったら、そもそも私は母親が流浪の民だし、表立っては身分について言ってきたりはしないと思うよ。恥ずかしい話だが、私自身が父母に対する理解がまるで足りてないからな。具体的にどんな反応があるか、分からないのだ」

クリスティーナの曖昧な返事を聞き、ドランは頭を掻く。

「ますますもって不安になるような事実を告げられてしまったなあ」

「すまない。何しろ、ついこの間まで父母に疎《うと》ましく思われているのかすら、よく分からない状況だったからな。私だって、馬車の中に積まれた金貨の山と装飾品の類を見てようやく、思っていたよりは大事にされていたらしいと察したくらいだよ」

「クリスもそうだが、感情表現が下手というか不器用なのは、血筋か、それともアルマディア領の土地柄なのかね？」

「どうかな。弟達は素直《すなお》なものだが、それはまだ幼いせいだからかもしれない。とにかくだ。遠からず北の方から厄介事が地平線を埋める勢いでやってくるだろうし、その前に実家の方に婚約の挨拶だけでもしておきたい。実家に話も通さずに君との婚約を発表してしまっては、特に義母上が良い顔をされないのは確実だ。君との関係を進めたいという私の個人的な願望もあるが、私や君宛の縁談の話を断つ為にも、必要だろう？」

まだ若く独身で、その上飛び抜けて美しいクリスティーナに対しては、男爵位を授かって以来、多くの縁談が持ち込まれている。

以前はクリスティーナと義母の不仲を憂慮《ゆうりょ》して縁談相手に選ばれる事はなかったのだが、事情の変化により、貴族子弟からの縁談が度々舞い込むようになった。

ドランにも多少縁談があるが、これは将来大きな発展を遂《と》げるベルン男爵領に一枚噛むのが目的だ。あとは、平民上がりながらスペリオン王子や龍宮国と懇意であるから、そちらと縁を結ぶ狙いもあるだろう。

もちろんクリスティーナにもドランにも、こうした話は全てが余計なお世話以外の何物でもなく、どうにか途絶えさせなければと考えている昨今だ。

そんな事情もあって、ドランはクリスティーナの問いに頷いて答える。

「断りの手紙を書いたり使者を立てたりするのも手間だからな。これから魔王軍への対処で否応なく忙しくなる事を考えれば、今のうちに挨拶を済ませておいた方がいいのも確かだ。私とクリスの婚約を許していただけるかどうかは、また別の話なわけだが」

「アルマディア侯爵家から独立した身の上だ。そこまで問題視はしてこないさ、多分」

「素直に許していただければ何よりだけれどね。一度で駄目なら二度、二度で駄目なら三度と、認めていただく為の努力を惜しむつもりはないよ」

「うん、そう言ってくれると私としても嬉しい。アルマディアの後継問題に関わらなければ、大丈夫だと思うのだがなぁ」

「悪いようにはならないさ」

そう言って、ドランはクリスティーナの頭をぽんぽん、と軽く叩く。

その行為を、クリスティーナは目を細めてうっとりと受け入れ、このまま眠ってしまおうかと本気で考えたが……ここで〝ある事〟を思い出した。

頼もしき後輩であり、義理の娘になるかもしれないレニーアが率いてやってくる、合宿組の件である。

決して歓迎しないわけではないのだが、騒がしくなるのは必定であり、落ち着いた心情に身を委《ゆだ》ねている今のクリスティーナは、いささか胸やけに近いものを覚えてしまう。

「そういえば、レニーア達がここに到着するのは、今日の夕方前だったな。終焉竜との戦いの際に顔を合わせたとはいえ、レニーアは君に会えるだけで派手に喜ぶだろうな。そんな彼女の姿を見て驚く後輩達が今からでも想像出来るよ」

「レニーアは私やバハムートほどは消耗しなかったから活躍するはずだが、私達三人が卒業して、戦力的に随分厳しくなったと聞く。レニーアだけでなくネルからの手紙にも書いてあったよ」

「レニーアにしごかれる羽目になるとは、今年の出場生徒は大変だな。しかも、わざわざこちらに来てまで合宿をするとは。彼女は競魔祭での優勝に相当力を入れているらしい。ドランが卒業したら肩から力を抜くと思っていたけれど、その逆とはね」

呆れ顔のクリスティーナに、ドランは肩を竦《すく》めて応える。好かれすぎるのも考えものである。

「なまじ、私と一緒に出場した去年の競魔祭で優勝しているからな。あの娘の頭の中では今年も優勝して私に対して明確な功績を示したいのだろう」

「普段は名誉や栄達など欠片《かけら》も興味を見せないのに、ドランが関わると本当に別人みたいに変わるな、レニーアは」

「父親に胸を張って自慢したいというわけだから、私としては可愛いものだけれどね。それに付き合わされる子達は大変だと思うよ。ネルやマノスさん辺りは気にしていないだろうが、クシュリ君とアズナル君だったか、この二人は相当苦労していそうだ」

レニーアを上回る力を持つ上に父親と慕われるドランならば、どんな無茶ぶりであろうと笑って付き合えるが、そうでない後輩達の苦労を偲《しの》ばずにはいられない。

自分達が去った後の魔法学院で、レニーアがいかなる圧政を強いてきたか。それを思うと、やはりドランは飛び級で卒業せずにレニーアと卒業の時期を合わせた方が良かったのではないかと、つい考えてしまうクリスティーナだった。

そして先程のクリスティーナの言葉通り、ガロア魔法学院からの一行は、晴れ渡った空の青に橙の色が徐々に混じりはじめた頃にベルン村へと到着した。

†

レニーア達一行は、ガロアからベルンへと向かう乗合馬車の内、利用料金は高いが僅か数時間で到着する特急便を利用してベルン村へと向かった。

まだ試験的に導入されている段階のこの特急便は、その速度の関係上、陸路ではなく空路を利用する。

空の交通手段となると、大型の飛行生物に乗るか、それらの生物に馬車の車体などを引かせる空中馬車や、飛《と》び籠《かご》などと呼ばれる交通手段の他、飛行船を用いるのが一般的だ。

相当に裕福な商人や貴族などであれば飛行船を個人的に所有している者もいるが、ベルン男爵領では、まだ飛行船用の港が未整備なので使用出来ない。

その為、特急便にはペガサス型のゴーレムと軽量化並びに浮遊の付与魔法を施した車体を用いた空中馬車を導入している。

以前から構想だけは存在していたこの空中馬車だが、大型の魔鳥や飛行魔獣、そして何よりモレス山脈に棲息する無数のワイバーン達への懸念から実現出来ずにいた。

しかし、ワイバーンを統率する風竜オキシスやウィンシャンテ他、モレス山脈の竜達との協力関係を取りつけられた事により実用化の運びとなったのである。

現在、料金設定と利用客の客層、人数、時間帯の確認などを兼ねて試験運用中のところ、レニーアがこれに目を付けた。

彼女が全員分の料金を肩代わりするのを条件に、初めての空の旅に尻込みするクシュリとアズナルを脅は――説得して、一同は昼前にガロアを出立したのだった。

本来は十六人乗りの中型馬車だったが、関係者以外との相席を嫌ったレニーアが十六人分の利用料金を支払って、空中馬車は貸し切り状態になっている。

お金持ちの成せる小技だ。

影を亜空間化し、荷物を収納出来る魔法【シャドウボックス】をレニーアやネルネシア、シエラが習得していた為、車内に持ち込んだ荷物は少ない。

空からの光景を楽しむ為に通常の馬車よりも大きな造りの強化硝子製《きょうかガラスせい》の窓から覗く光景に、ファティマやイリナは素直に感心した声を上げている。

その様子を、馬車最後部の座席中央に陣取ったレニーアが、どこに行っても相変わらずだ、と鼻を鳴らしながら眺めていた。

「おい、クシュリ、青猫、落ち着かん様子だが、初めての空の旅にはまだ慣れんか？　地面から足が離れただけだろうに」

レニーアの視線の先のクシュリとアズナルは、なるべく馬車の真ん中の席に腰掛けて、落ち着かない様子でいた。

クシュリは苦い薬を飲んだような顔で腕を組んだまま席から立とうとせず、アズナルは時折窓の外の景色を覗きに行っては、おっかなびっくり席に戻るのを繰り返している。

「授業で飛行魔法や重力制御の魔法の訓練を受けてはいるが、この空中馬車のように他人に自分の身を任せるというのはどうにも……」

顔ばかりでなく声も強張った調子のクシュリに、アズナルも情けなく眉尻を下げながら頷いて同意を示した。

これが飛行船ほどの大きさだったならまた話は違ったかもしれないが、空中馬車程度の大きさでは車体を挟んだすぐ向こうが空であると、否応なく実感させられる。

空の旅に慣れていない二人は、それで不安に煽られてしまうらしい。

「はは、ぼくもやっぱり地面の上に立っている方がずっと安心出来るな。空の上はどうも首筋のあたりがムズムズして落ち着かないなぁ」

「ふん、青猫はともかくとして、クシュリは飛蝗の翅《はね》で少しは空を飛べるだろうに。いや、それでもここまで高いところでは飛ばんか。最近では飛行船でも個人用の小型艇が開発されているのだ。お前達が将来乗らぬとも限らんし、あるいは空で戦う事もあるかもしれんのだから、安全な今のうちに少しでも慣れる努力をするのが建設的だと思うがな」

分かりにくい物言いだったが、一応、それは自分の後輩に対するレニーアなりの助言と言えば助言だった。

かつて神造魔獣だったレニーアの前世での経験上、これからの人類文明は火薬を用いた銃火器と遠距離攻撃魔法、そして制空権の奪い合いが隆盛する。

技術の進歩具合からしてまだ時間的余裕はあるが、クシュリ達が家族に楽をさせる為に栄達をと考えているのなら、空中での戦闘に慣れておいて損はないだろう。

他の者にはない武器を身につけておけば、今後の就職に有利に働くのは事実だ。

「レニーアさんがそこまで言うなら、努力はしますけどね。なんつうか、尻のあたりがムズムズして、足から血の気が引く感じなんですよ。これは結構慣れるのに時間が掛りそうですわ」

「そこはお前達がどれだけ本気で向き合うか次第だろう。そこまで私は面倒を見たりはせぬ。お前達の生まれ持った力を十全に発揮出来るのは陸戦であるのも確かな事実だしな。どちらにせよ、お前達の人生だ。自分に出来る範囲で責任を取るが良い。手に負えぬ事態に陥ったら、周りの者も巻き込んで破滅するだけだからな」

こればかりは邪神の創造物らしい容赦のない言葉で切り捨てるレニーアだった。

クシュリとアズナルの方も、彼女の素《そ》っ気《け》ない上に突き放した物言いに慣れており、顔を見合わせて肩を竦めるのみ。

この面倒臭い性格をしている先輩が自分達を気遣ってくれているのは確かで、二人ともそれを感じ取れるくらいの付き合いはしている。

初めてレニーアと出会った頃は、まだ競魔祭の出場候補者達はアズナル達以外にも何人かいた。

しかし、彼女の容赦ない言葉を浴びた者達は、付き合っていられないと去るか、激昂《げきこう》して立ち向かって一瞬で叩きのめされるかして、どんどんと減っていったのだ。

我ながらよくもこの傲岸不遜な――見た目だけは可憐《かれん》な先輩のしごきについてこられたものだと、クシュリ達はしみじみと自分を褒《ほ》める。

そんな中、窓に張り付いていたファティマが笑顔でレニーアを振り返り、呼び掛けた。

「ねえねえ、レニーアちゃん、見て見て、ヴァジェさんがいるよ～。それに他の竜さん達も～」

ファティマが窓から顔を放して指差す先には、雲海から姿を現して、ベルン村の北側を目指して降下を始める三体の竜の姿があった。

ヴァジェの竜としての姿を知っている彼女には、すぐさま判別出来たようだ。

ファティマと同じように窓から外の景色を眺めていたネルネシアやイリナ達も、ヴァジェの姿を見つけていた。

「ん？　ほう、どれどれ。確かにあれなる深紅竜はヴァジェめだな。他の二匹は風竜と雷竜か。ヴァジェと同じか、少し年上の男共だが……あいつめ、男を侍《はべ》らせて調子に乗っておるな。ふむ、しかし、竜種が三匹か」

叔母様や伯父様方には及ばぬが、クシュリとアズナルを鍛えるのには、ちょうど良いわ。くっくっくっく……と、レニーアは胸の中で零す。

その口元には邪悪なる企みが歪んだ微笑みとして現れており、それを見たクシュリとアズナルはとてつもない悪寒《おかん》に襲われたのだった。

†

ガロア魔法学院次期競魔祭出場選手候補の一団は、特急便用に特設されたベルン村郊外の駅で空中馬車から降り、無事にベルン村へと入る事が叶った。

クシュリとアズナルにとって初めての辺境の村は、一年前まではかろうじて地図に記載されている程度の僻村《へきそん》という立場だったのが信じられないほどの賑わいを見せていた。

ベルン村を訪れた経験のあるレニーアやファティマ達にとっても、クリスティーナの領主としてのお披露目式《ひろめしき》以来となるので、それなりの日数が経過している。

短期間で様変わりした村の様子を見て、ネルネシアやファティマ達は感心していた。

あのお披露目の場には社交上最低限の格を満たした貴族達ばかりが出席していたが、今のこのベルン村を見ればもっと格上の者達を派遣して、よしみを繋ごうとしただろう。

流石に王国北部の要衝であるガロアにはまだまだ及ばないが、通りを埋め尽くす人々の数や彼らの放つ熱気の凄《すさ》まじさは、降り注ぐ日差しの方が音《ね》を上《あ》げてしまいそうだ。

無数の花々や木々に覆われた奇妙で幻想的な、それでいて思わず目を見張るほど膨大な魔力によって強化された防壁の内側へと、続々と人々が流れ込んでくる。

これらの人々の多くは、ベルン男爵領でのみ取り扱われる品を求めた商人か、あるいは開墾した土地の所有者になれるという触れ込みに集まった土地を持たぬ平民だ。

その顔には一様《いちよう》に未来の自分達への期待の光が宿っており、まだ明確に形を持っていない幸福を我がものにせんとしている。中には、恐ろしいほど鬼気迫った表情を浮かべている者までいた。

一方で、村の内部に建設された、一年中開いている大規模浴場施設での湯治《とうじ》などを目当てにやってくる者もいる。

そうした比較的裕福な平民や貴族のお歴々などは、人々の熱気で陽炎が生じていそうな領内にあって、和やかな雰囲気を発している。

村のあちこちで増改築や交通路の整備工事が行われ、人々の行き交う音や喋り声ばかりでなく、金槌《かなづち》が釘を打つ音や鋸《のこぎり》が板を切る音も混じる。

さらに大道芸人達の奏《かな》でる笛や弦楽器や打楽器の音色に歌声までもが加わって、音の洪水か雪崩《なだれ》といった有様《ありさま》だ。

ベルン村が発展しているとは聞いていたが、クシュリとアズナルの頭には、王国最北部の辺鄙《へんぴ》な村という、一年前なら当の村人自身が否定しなかった評判がこびりついていた。

彼らにとっては、本当に自分達がベルンにいるのかどうかさえ怪しいと感じるほどの繁栄ぶりだった。

村中に巡《めぐ》らされている新設したばかりの水路の中を、人魚や魚人が泳いでいるだけでも驚きなのに、その中の何人かが小舟を牽引《けんいん》して他の観光客を運んでいる。

どうやらベルン村に滞在しているモレス山脈の人魚達が、クリスティーナに許可を取って自分達から水路を利用し、観光客向けの水運業を始めているらしい。

こうした光景を目の当たりにして、彼らが二重三重の驚きを覚えたのは言うまでもない。

「クリスティーナ先輩もドランも、いっぱい頑張っているんだねえ」

自分の故郷の事のように喜びながら言うファティマに、傍らのネルネシアが――屋台で買ってきた焼きモロコシの三本目を齧《かじ》りながら――いつもの無表情で同意する。

「二人ともやりたい事をやれて、やる気が漲《みなぎ》っているに違いない。好きにしていい環境なら、自重《じちょう》という言葉を忘れがちな面々だし」

「う～ん、セリーやドラミナさんがいるから、ある程度は常識の範囲内に収まるように抑えてくれるんじゃやないかなあ？」

「その二人は、それほど枷にはならない。鍵の掛かっていない枷か、いつでも解けるくらいに緩く縛った縄程度の抑えにしかならないと思う」

「困ったなあ、否定出来ないやぁ。ドランとクリスティーナ先輩がやるって強く言ったら、セリー達は困った顔はしても、首を横に振りそうにないもんねえ」

「ディアドラさんもいるけれど、あの人もどちらかと言えばドラン達寄りの中立」

ほんわかとした友達同士のやり取りを続けるファティマとネルネシアだったが、どちらも貴族子女だけあって、自然とその話題は政治的なものに移り変わる。

「ん～、でも、王国の未開拓地域の開発なら、他所《よそ》の領地との軋轢《あつれき》も生じにくいから、やりやすいんじゃないかなぁ？　実家のお父様も、ベルンには興味を示しておられけれど、警戒しているとか懸念を抱いているとかじゃなかったし」

「ん。うちも似た感じ。地理的にうちはロマル帝国からの難民とか、帝国から離反した脱走兵とかを気にしないとだけれど、暗黒の荒野関連の話が出てきてからは、北も気にしている。その点では、暗黒の荒野側の注目が集まっているだろうベルンには、防波堤と――悪い言い方をすれば、誘蛾灯《ゆうがとう》としての役割を期待している」

「ガロアでもすっかり噂になっているもんね。陛下や重臣の方達も、去年以来、北への警戒を深めているっていうし、ドラン達からも逐一報告が上がっているだろうしね。北でも西でも戦争ってなったら、ネルちゃんはご実家に戻る？」

「場合によっては、かな。学徒動員までは余程追い詰められない限りは実行しないと思うけれど、私が実家に呼び戻されて戦力として投入されるのは、また話が別だから」

国内有数の武闘派貴族の家に生まれたネルネシアは、その生まれに恥じない戦闘狂の気がある。そんなネルネシアであるから、ドラン達が卒業して特訓相手が激減した結果、そのあり余る闘争本能を満たせず、小さくない不満を抱えていた。

現在はその実力を着実に伸ばしており、人類の魔法使いの中でも上から数えた方が圧倒的に早いくらいの超一級の実力者になっている。

実家からすると、いざ戦争となったら一騎当千の強大な戦力というだけでなく、可愛い娘を手元に置きたいという親心もあるだろう。

「ネルちゃんには戦争になんか行かないでほしいって思うけれど、ドランやクリスティーナ先輩は立場上そうもいかないよね……」

「領主とその補佐官は責任ある立場とはいえ、早々前線に出るものではない。普通は後方で情報整理や指示をするものだけれど……」

「でも、ドランとクリスティーナ先輩の性格じゃあ、自分達が矢面《やおもて》に立って、真正面から敵に突撃するよね？」

「自分達の立場をきちんと理解していれば、そうはならないはずだけれど、なまじ二人の強さが下手な軍隊を上回るから……」

そう言って、ネルネシアはなんとも言えない顔をする。

地平線の彼方まで埋め尽くすゴブリンやオーガの軍勢に、正面から突っ込んで蹴散《けち》らすクリスティーナやドラン達の姿が容易に想像出来たからだ。

この少女にしては珍しいのだが、ドランやクリスティーナはその交友関係の中でも稀な、特別な存在なのだ。

ましで、親友たるファティマが――ドラン達の戦闘能力の高さを戦わない者なりに理解していても――心配するのをやめられない様子を見ていては、胸も痛むというもの。

「ファティマ、ネルネシア、何をそう辛気臭《しんきくさ》い顔で話をしている。どこぞの馬の骨とも分からん有象無象《うぞうむぞう》共が雲霞《くもかすみ》の如く襲いかかろうとも、おとう――ゲフン、ドランさんがいる以上、大地の肥しにもならん傍迷惑《はためいわく》な死骸《しがい》の山が築かれるだけよ。クリスティーナは侵攻をどう跳《は》ね除《の》けるかよりも、戦闘で発生した死体の後始末に頭を悩ませているのではないか？　ドランさん達を案ずるその気持ちを蔑《ないがし》ろにするつもりはないがな」

歩みが遅くなりつつあったネルネシアとファティマにそう言ったのは、先頭を歩むレニーアであった。

ドラン達のところへ到着するのが遅れて顔を顰《しか》めていたものの、はっきりと友愛の情を抱いているファティマがドラン達を心配する分には噛みつく気にはならないようだ。

特に最後の言葉などは、レニーア自身の性格が相当丸くなった証拠かもしれない。

「クシュリ、青猫、観光の時間は用意してやるから、今はあちこち見ていないで、さっさと屋敷に向かうぞ。お前達も男爵とその補佐官を待たせるのは、肝が冷えよう」

「ウッス！」

「はい。それにしても、亜人種の割合が多いですね。村の人口はガロアよりもいくつか桁が少ないでしょうけど」

クシュリに続いて頷いた青猫――もといアズナルの発言は、人口に比例して動員出来る兵力も少なくなるはずだと暗に示していた。

そして、そんな軍事力で暗黒の荒野からの侵略に対応出来ると信じ切っているレニーアへの疑問も、いくらか混じっている。

もっとも、アズナル達が知っているドランやクリスティーナの戦闘能力は、昨年の競魔祭本戦におけるものである。

その時のドランは大幅に手加減していたし、クリスティーナもドラッドノートの機能を全く使用していなかった。

それを知らない以上、彼の疑問は当然のものだった。

「はん、村呼ばわり出来なくなるのも、そう遠くないだろうよ。ベルンに領民を取られた形になる他所の領主達は面白くなかろうがな。いっそロマルで発生する難民を一人残らずこの地に寄越《よこ》せばいい。クリスティーナやドランさんなら嬉々として迎え入れるだろう」

レニーアは名案だとばかりに口にするが、ベルン男爵領に移住させられるロマル難民達の心情を一切無視した発言だ。またロマル帝国国境からベルン男爵領の経路上にある土地の領主達は、異国民の集団が自領を通過する事に良い顔はしないだろう。

もし本当にレニーアの言う通りになったとしたら、それはそれで戦争とはまた別の問題が生じて、ドラン達は苦労を山と背負い込みそうだ。

もっとも、苦労に見合うだけの報酬が見込めると、腹の内ではにこにこと笑みを浮かべるかもしれないが。

「よし、もう余計な道草は食うなよ。さっさと屋敷へ向かうのだ。……マノス！　興味を惹《ひ》かれる物が多いのは分かるが、それは後にしろ。まずはドランさん達に挨拶をするのが先であろうが！」

マノスが等間隔で設置されている照明灯や、蹄《ひづめ》の音を響かせながらゆったりと道を歩むホースゴーレムに近づいていくのを、レニーアが苛立ちを募《つの》らせて怒鳴りつけた。

ご丁寧にもあちこちに案内板が設置されている為、道に迷う心配はなかったが、あっちにふらふら、こっちにふらふらと道草をしがちな面々の尻を叩きながらでは時間がかかる。

結局、彼女らがクリスティーナの屋敷に到着したのは、予め約束した時間の五分前だった。

本来ならばもっと余裕を持って来訪する予定だった為、レニーアの内心は思い通りに行かない事への子供じみた苛立ちとドランに対する申し訳なさでいっぱいになっている。

ともあれ、一行は屋敷の玄関前で待っていたクリスティーナ、ドラン、セリナ、ディアドラ、ドラミナ、リネット、ガンデウス、キルリンネ達と無事に顔を合わせた。

自分達の学校の先輩とはいえ、爵位持ちの貴族との直接の対面とあり、クシュリとアズナルは緊張で生唾を呑み込む。

一方マノスは、類稀《たぐいまれ》なるゴーレムクリエイターとしての才覚と洞察力《どうさつりょく》から、すぐさまリネットの左右に侍るガンデウスとキルリンネが人間ではないのを見抜いていた。

自分の知らない技術の塊の出現に、早くも青白い肌を興奮で紅潮させている。

ファティマとネルネシア、それにシエラ達にとっては、ドラン達は親しい友人であり、戦友であり、恩人でもある。そんないくつもの関係を持つ親しい者達との数ヵ月ぶりの再会を、純粋に喜んでいた。

そしてレニーアはといえば、柔和《にゅうわ》な笑みを浮かべたドランが自分を迎え入れてくれる光景に――彼女の脳内ではそのように解釈がなされた――思わず涙ぐんでいた。

しかも、せっかく再会の叶った父の姿を、涙で遮《さえぎ》ってしまっては不敬であると本気で考えて、必死に涙を留めている。

ことドランに関しては、過剰極まりないレニーアらしいポンコツ反応だ。

そして他の皆が見守る中で、荷物をその場に放り出し、淀《よど》みなくドランの前まで進み出る。

今回の休暇合宿の提案者は彼女なので、誰もが生徒側を代表してクリスティーナとドランに挨拶をするのだろうと思い、止めはしなかった。

実際、レニーアはクリスティーナ達に挨拶をしたわけだが、それはクシュリやアズナルはもちろん、ネルネシア達もいささか驚きを禁じ得ないものとなった。

「ベルン男爵閣下、ドラン補佐官、この度は学生にすぎない私めの分《ぶ》を弁えぬ願いをお聞き届けくださり、感謝に堪えません。ガロア魔法学院の先達として、愚かで未熟な後輩である私共をお導きくださいますよう、心からお願い申し上げます」

レニーアは溢《あふ》れ出んばかりの感謝の念が込められた言葉を口にし、魔法学院の制服のスカートの裾《すそ》を摘《つ》まむ淑女《しゅくじょ》の礼――カーテシーを行なった。

魔法学院における絶対的圧政者にして暴君として君臨するレニーアしか知らないクシュリとアズナルは、最上級の敬意を払うその姿に度肝を抜かれる。

クリスティーナも一瞬きょとんとするが、その敬意がドランただ一人に向けられている事をよく理解していた。彼女は傍らのドランに〝レニーアは相変わらずだな〟と、視線だけで伝える。

ドランの方は、出会い頭にレニーアから飛びつかれる可能性も想定していた為、これほど常識的かつ真っ当な挨拶をされたのには驚いていた。

これまで手紙でのやり取りはしていたが、直接顔を合わせるのは控《ひか》えていたので、溜め込んだ鬱《うっ》憤《ぷん》を爆発させるだろうと考えるのは当然だった。

しかし、そこは何しろ破壊と忘却の大邪神カラヴィスの娘にして、ドランの抜けている部分も併せ持ったのがレニーアだ。

今は大丈夫でも、四日間の強化合宿の間で、どのように名状しがたい暴走をかますか分かったものではない。

ドランは密かにレニーアの尻拭いをする覚悟を固めていた。実に馬鹿らしく、くだらない、彼らしい覚悟であったろう。

一方レニーアはというと、直に目にするドランを前に、感情の荒波が理性という名の防波堤を今にも乗り越える――どころか打ち砕かんばかりであった。

奇《く》しくもその父に甘えたいという赤子のような原始的欲求を押し留める鎖となっているのが、後輩や同級生達の前で格好をつけたいという、これまた幼稚で純粋な欲求だった。

今彼女の中では、五感の全てを使ってドランの存在を感じ取りたい欲求に対し、礼節を守り、気品漂う所作でドランの称賛を浴びたいという欲求がかろうじて勝っている状態だ。

それによってレニーアは、クシュリとアズナルに対して、ドランを前にすると極めて残念かつポンコツになるという一面を隠す事に成功していた。

ただし、この一場面でのみではあるが。

「淑女らしい所作も様《さま》になっているな、レニーア。君のそんな姿を見られるとは、まさに不意を突かれたよ。ここが戦場だったら致命傷を負う羽目になっていたかもしれない」

クリスティーナは、カーテシーを行うレニーアを前に、聞き様によってはかなり失礼な言葉を思わず口にしていた。

とはいえ、これは間違いなく嘘偽りない心情だったし、セリナやドラミナなども同じ感想を抱いているだろう。

それからクリスティーナは少しばかり姿勢を正し、最低限、ベルン男爵としての礼を守った態度で、後輩達を笑顔で迎え入れる。

「では改めて、ようこそ遠いところを来られた。懐かしきガロア魔法学院の後輩達よ。今でこそベルン男爵という栄誉ある地位を拝しているが、かつては私も魔法学院の一生徒だった。そして、名誉な事に、去年の競魔祭では代表選手の一人として拙い魔法の腕を振るったものだ。だからこそ、君達の抱く緊張や不安というものの一端を理解出来ていると思う。君達がベルンで過ごす四日間、出来得る限りの協力を約束しよう。こう言っては重圧を掛けてしまうかもしれないが、やはり後輩達には活躍を期待してしまうものだからね」

それでもやはり魔法学院の卒業生としての言動が滲《にじ》み出《で》ていたが、殊更《ことさら》に追及するような話でもないだろう。

「まずは君達の宿泊する部屋と屋敷の中を案内するよ。歴史ある魔法学院の校舎や寮と比べればまだまだ小さな屋敷だが、私としては自慢の我が家だ。四日間、肩の力を抜いて、気楽に過ごしてくれ」

クリスティーナの目配《めくば》せを受けて、メイド姿のリネット、キルリンネ、ガンデウス達が、レニーア達の荷物を受け取る。

ファティマの分はシエラが持ったが、それでも人数が人数だけに相当の量になる。

クシュリとアズナルは元々平民暮らしで客人扱いに慣れていない事もあり、荷物を預けるのを固辞《こじ》したものの、リネット達が自分達ごと荷物を持ち上げようとするので、白旗を上げた。

リビングゴーレムのリネットは言うに及ばず、天人《てんじん》の遺産であるキルリンネとガンデウスもまた、素の身体能力は常人の比ではない。

それぞれの着替えなどが詰まっている鞄《かばん》を器用に持ったリネット達を最後尾に、クリスティーナが先頭に立ってレニーア達を屋敷の中へと案内する。

その間、レニーアはずっとそわそわと落ち着かない様子だった。

ドランに遠慮なく話しかけたいのに、後輩や同級生達を前に態度を崩す気にはなれないようだ。

ネルネシアやファティマからすれば今更の話だが、ドランに対して極度の甘えん坊という本性をマノスやクシュリ達に曝《さら》け出《だ》すのに、若干の抵抗があるらしい。

レニーア達が案内されたのは、屋敷の二階の奥まった一画だった。他領からの使者などが、村の宿泊施設を利用しない場合に用いる部屋だ。

ベルン男爵家の財力を考えれば、他所から最高品質の家財を揃えて客人の度肝を抜く事も可能だ。

しかし、そういった行いは下品ではないかという意見もあり、それよりもベルン男爵領らしい室内の装飾品を揃えて物珍しさを楽しんでもらう方針に落ち着いている。

レニーア達が案内された部屋には、エンテの森にのみ咲く花を生けた花瓶や、モレス山脈の湖に棲息する巨大貝を用いた螺鈿細工《らでんざいく》の調度品をはじめ、様々な装飾品が飾られていた。

ドラン謹製《きんせい》の勇壮な戦士や壮麗《そうれい》な天使達の小さな像、各種の精霊石と魔晶石、それに水晶と硝子をふんだんに使った置時計、隙間なく精緻《せいち》な細工が施された姿見や剣立てなど。

これらにどれだけの技術と手間が惜しみなく投じられたのか、クシュリ達には想像もつかなかった。

「それでは、君達はこちらの部屋を使ってくれ。ファティマとシエラは相部屋が希望だったな。荷物を置いたら食堂と浴場の案内をしておこう。私とドラン、ドラミナさん――いや、ドラミナは仕事があるから、いつでも特訓に付き合えるというわけではないが、ディアドラやセリナ、リネット達が特訓の相手を務める」

それぞれが部屋に荷物を置きに行こうと分かれる直前、レニーアが妖精もかくや、という可憐な顔立ちを険しく引き締めて、クシュリ達にこう言い渡した。

「案内が終わったら、早速特訓と行くぞ。休むのはその後だ。荷物を置いたらすぐに着替えておけ。ドランさん、場所の方はどちらになりますでしょうか？」

「安心してくれ。屋敷の敷地内に、ガロア魔法学院の模擬戦場と似たものを設置してあるから、そちらを好きに利用してもらって構わない。強度の方は念には念を入れておいた。好きなように暴れてもらって大丈夫だよ」

「お心遣い、痛み入ります。これで心行くまで力を尽くしてこやつらを鍛えられるというもの」

敬愛する父から満足いく答えをもらい、レニーアは月光の如く美しく、しかし冷たい笑みを浮かべた。

これから嫌というほどしごき抜かれるクシュリ達の姿を思い浮かべて、どす黒い嗜虐の悦びを胸の内に抱いたのだろう。

クシュリとアズナルはすっかり萎縮して冷や汗を浮かべているが、ネルネシアなどはかえって闘争心に火がついたようだ。

マノスの方はというと、屋敷に入ってからも、そこら中に付与されている保存や、硬化、軽量化などの魔法に夢中で、レニーアの発言を気にも留めていない。

一般的な感性を有する後輩二人に対して、実に頼もしいとも、常識外れとも言える先輩二人だった。

ここで一旦クリスティーナとドラミナ、セリナ、ディアドラの四人がそれぞれの仕事に戻り、ドランとメイド三人組が案内を引き継ぐ形となった。

レニーアからすれば、ドラン以外の人数が減るのは万々歳である。

〝特訓の相手が少なくなった〟ではなく、ドラン一人いれば特訓は充分だと考えるのがレニーアだ。完全に私情が先頭を突っ走って、建前を遥か遠方に置き去りにしている。実に彼女らしい考え方だろう。

荷物を置いて着替えを終えたレニーア達は皆、魔法学院指定の男女共通の運動着姿になっていた。マノスだけはゴーレムを操作する際の腕の筋肉の動きを観察されるのを防ぐ目的で、ローブを羽《は》織《お》っている。

模擬戦場は、屋敷の裏口から出て周辺にある林に少し足を踏み入れた場所に建てられていた。ガロア魔法学院でドランやレニーア達がお世話になったものと同様に、半球状の大きな建物だ。一つ一つが巨大な灰色の石材を積み上げて造られていて、魔法による強化がされていなくとも、壊すのにどれだけの手間がいるだろうかと、呆れるほどの頑健《がんけん》さを備えている。

両開きの木製の扉の前で案内をしていたドランが、すぐ後ろのレニーア達を振り返って口を開いた。

「模擬戦場にも簡単な浴室は備え付けてあるから、特訓で掻いた汗はそこで流すと良いだろう。本格的な入浴は屋敷のものを使ってもらえるかな。幸い、他の領地からの使者が訪問する予定はないから、見知らぬ誰かと出くわす事もあるまい」

ドランは一度ここで足を止めて、模擬戦場の設備の説明を続ける。

「中の造りは、真ん中に模擬戦の舞台があり、それを結界の境目でもある不可視の力場の壁で区切ってある。結界の強度は魔法学院のものと同等以上と考えてもらって構わない。高位魔法を雨霰と発動しても、とりあえず破れはしないさ。強力な防御結界を発生させる魔法具『ジャッジメントリング』と、万が一の為に魔法薬をはじめとした医療品も用意してある。いざとなったら、すぐに神殿に運び込んで癒《いや》しの奇蹟を願う。もちろん費用は当家で持つから気にしないで欲しい」

「まさに至れり尽くせりでございます。ドランさんには感謝の言葉もありません」

心底から畏《かしこ》まって頭を下げるレニーアに、ドランは苦笑し、クシュリとアズナルはあり得ないものを見たという表情になる。

ベルン行きが決まってから、二人には驚きの稲妻がしょっちゅう落ちていた。

「受け入れを決めたのはクリスティーナ男爵だ。礼は彼女に言ってくれると、私としては嬉しい。ところでレニーア、私の方からいくつか質問をさせてもらっても構わないかな？」

「はい。ドランさんからのお言葉なら、如何《いか》なる質問であっても、このレニーアの力と知識の及ぶ限りにおいて偽りなくお答えいたします」

「相変わらず私に対して気負うものだな……。この時期なら、まだ競魔祭の出場選手は決定していないはずではなかったかな？　戦闘系の成績上位四名――いわゆる四強は決定としても、五人目の選手は昨年の私や君のように、予選会を実施して、その優勝者が選ばれるだろう。にもかかわらず、レニーアやネルは、クシュリ君とアズナル君、それにマノスさんが競魔祭の出場選手として決定しているかのように扱っている。三人のうち二人が、新たな四強なのかな？」

実力的に、現在のガロア魔法学院における四強のうちの二人は、ネルネシアとレニーアが今年も担っているのは間違いない。

そうなると、男子生徒三名の選考基準はなんなのかと、ドランが訝《いぶか》しむのは、必然と言える。

これに対してレニーアは、秀麗《しゅうれい》な眉を寄せて、何か面白くないものを思い出した様子で応じた。

どうやら彼女自身が原因らしいと、ドランは我が娘の表情の変化一つでおおよそ察した。

「確かに、ドランさんの仰《おっしゃ》る通り、従来ならば四強に続く五人目を予選会にて選出するのがガロア魔法学院の習わしでございます。しかし、ドランさん、クリスティーナ、フェニアが抜けた次代のガロアの者共はあまりに力が劣っておりました。これでは成績を見て選出された四強といえども、競魔祭の連覇は難しいと判断し、私が事前に選抜を行なった次第です」

レニーア自ら行う選抜。これだけで、彼女の性格を知る者達からすれば、何が起こるのか想像が出来る。いや……むしろ、想像すら出来ない過酷な試練が襲いかかったのではないかと、背筋《せすじ》が寒くなるだろう。

ドランとの再会やイリナとの出会いにより、神造魔獣だった時分に比べれば遥かに穏和な性格になったとはいえ、レニーアの感性は常人とはかけ離れている。

〝死ななければいい〟か〝狂わなければいい〟を、最低限の安全基準に据えかねない。

果たして彼女の選抜なるものがどれほど苛酷《かこく》だったのか。

その時の事を思い出したらしいクシュリとアズナルは、ここではないどこか、今ではないいつかを見る遠い眼差しになっている。

「なるほど、納得した。そうなると、クシュリ君とアズナル君はレニーアの選抜を潜り抜けた精鋭というわけか。大したものではないか。レニーアは生徒の枠を超えて、極めて強力な魔法使いだ。そして判断基準はそれ以上に厳しい」

ドランが〝極めて強力〟と称賛しても、〝極めて優秀〟とは言わなかったあたりに、彼女の性格を考慮した評価が窺い知れる。

意外な事に、レニーアは神造魔獣としての知性や記憶力、洞察力によって、万事において非凡な能力を有するのだが、残念ながらそういった面をドランは目にした経験がなかった。

「そのレニーアが認めたのなら、君達二人は相応に優秀で、成長の見込みもあるという事に他ならない。これは期待出来る後輩が出てきたものだ」

昨年の競魔祭で最も活躍したと言っても過言ではないドランからの賛辞に、クシュリとアズナルは若干照れ臭そうにした。

ドランとの戦闘経験のあるマノスはといえば、模擬戦場の壁に張り付いたり、扉をまさぐったりと、建築に用いられている技術の調査に熱中している。

ドランは彼の気性をよく理解しているから、放置の一手だ。

それでも、マノスのゴーレムクリエイターとしての技術の高さは信頼しているし、徹底した職人肌の性格には好感を抱いている。

「しかし、昨年の優勝の際の代表選手で、なおかつ今年も出場するとはいえ、一生徒に過ぎないレニーアの行いがよく許されたものだね。オリヴィエ学院長が許可されたのかな？」

あの捉えどころのない――感情を滅多に表には出さないハイエルフの学院長の美貌を思い浮かべ、ドランは顎《あご》に手を添えて考え込む仕草を取った。

あの御仁はドランやレニーア、クリスティーナの事情を知っている頼もしい知人かつ権力者である。

だが、学院長としての立ち居振る舞いに余計な私情を入れる人物では……いや、レニーア達の場合は素性が特大の爆弾すぎる。

亡国の王女だの国王のご落胤《らくいん》だのといった通常ならば国を左右する事情でさえ、レニーアやドランの素性と比べれば瑣末《さまつ》と切って捨てられるほどなのだ。

場合によっては、公正と公平の両方を欠く判断を強いられる場面もあろう。

ドランは自分が去った後も、特大の火種に胃と神経をじりじりと焦がされていそうなオリヴィエに、密かに同情の念を寄せた。

「学院長に無理を申してはおりません。教師達も、昨年と今年とで生徒の質に格段の差があると理解していたでしょう。何より、生徒の側もドランさんやクリスティーナと比べて、自分達の代が劣っている事は痛い程に理解していましたとも。昨年の優勝が鮮烈にして圧倒的すぎたが為に、ガロア魔法学院の生徒共は情けない話ですが、萎縮しきっておったわけです。まったくもって嘆《なげ》かわしい。腑抜《ふぬ》けとはまさにあやつらを言うのでしょう」

その時の情景を思い出したレニーアは口いっぱいに苦いものを放り込んだような顔になり、侮蔑の感情を隠そうともしない。

「そういうわけで、今年出場する選手の選抜に関しては、教師も生徒も否応なく神経を尖らせて過敏になっていたのです。私はその流れを読み取り、自らが競魔祭出場に足る生徒を見定めると提案し、これを魔法学院側が了承しました。要約すればそういう話です」

レニーアは、生徒達の不甲斐なさを嘆きつつも、自分の行いを誇らしげに語った。

どうやらドランが想像したほど、無理やり魔法学院側に話を通したわけではなかったらしい。

レニーアと生徒達と魔法学院の思惑《おもわく》が奇蹟的な確率で合致し、彼女自身による予選会前の選抜が実地されたという流れのようだ。

あのレニーアが、魔法学院という小さいが一つの社会と折り合いをつけて、双方に利益のある提案を行い、実行したのだと考えれば感慨もひとしおだ。

ドランは密かにレニーアに対する評価を上方に修正していた。

ただ残念ながらイリナによって、不足していた情報の補完がなされると、せっかく上がった評価も元通りになるのであったが。

「でも、レニーアちゃん、高笑いしながら、選抜に集まった人達を片《かた》っ端《ぱし》から吹きとばしたり、追いかけ回したり、地面に埋め込んだりしたんですよ？　だから四強に選ばれた人達も含めて、ほとんどの人達が競魔祭どころか予選会の出場も辞退しちゃって。クシュリ君とアズナル君、それにマノスさんはそのレニーアちゃんの選抜にも耐えきって、競魔祭への出場を志願したんです」

「こ、こらイリナ、余計な事は言わんでいいってば」

意図的に口にしなかった事情がイリナによって暴露《ばくろ》された途端、レニーアはあわわと慌て出す。

これらの一連の流れは、すっかりと定着したものだ。

ドランは困った子だと言わんばかりに小さな吐息を漏らす。

「そんな事ではないかと危ぶんではいたが、まさしくその通りだったか。そうなると、ますますクシュリ君達は大したものだと褒めなければならないな。さあ、私のささやかな疑問も晴れた。随分と待たせてしまったが、ようやく我がベルン男爵領謹製の模擬戦場に入場だ。競魔祭二連覇を狙う頼もしいその実力を存分に見せてもらえると願っているよ」

ようやく開かれた扉の向こうへと足を踏み入れて一行が最初に案内されたのは、模擬戦場の利用者用の控室だった。

男女に分かれているその部屋には、服や貴重品を仕舞う為の鍵付きの棚と、簡単な浴室、手洗いが備え付けられていた。


不安を募らせながらも模擬戦の舞台へと移動した三人を待ち構えていたのは、勇者と対峙する魔王の如く腕を組んだレニーアであった。

外見だけは可憐や愛らしいという言葉が擬人化したも同然だというのに、中身の凶悪さが凄まじいせいで、滲み出す雰囲気までもがここまで邪悪になるとは。

「遅いとは言わぬ。代わりに覚悟は出来ているかと問おう。如何なるや？」

ますますもって魔王然とした雰囲気を助長するレニーアの物言いに、クシュリとアズナルは我知らず肝を冷した。

実際、レニーアの魂は魔王に分類されるあらゆる存在を凌駕《りょうが》し、神造魔獣の中でも最高位の大怪物なのだが、それを知らない方がクシュリ達には幸せだろう。

「それこそ今更だぜ、レニーア先輩。貴女の選抜でおれがどんだけビビって、それでも覚悟を決めてこの場に立ったと思ってんだ。今になってそれを問うのは、余計な手間ってもんだ」

「ぼくもクシュリさんと同じ意見ですよ。言いたい事をほとんど言われてしまいましたが。まあ、ここで尻尾を巻いて逃げるのも格好悪いので、こうなったら何がなんでも競魔祭で優勝する覚悟を固めていると、理解してください」

「ふふん、私を前に頼もしいほどのふてぶてしさよ。そしてマノス、お前のその私に対する関心のなさはいっそ清々《すがすが》しいほどだな。ふははははは！」

ドランは今回の強化合宿の主役達が揃ったのを確認し、リネット達に目配せする。

小箱を手にしたガンデウスとキルリンネが前に歩み出ると、中に仕舞われていたジャッジメントリングを全員に手渡した。

「ジャッジメントリングは回数制限のない特別仕様だ。重傷を負うような事態は避けられるから、安心してくれ。さて、特訓の相手だが、初日はまず君達の実力を見せてもらいたい。気を悪くしないでほしいが、つまりは腕試しだね。私はマノスさんと一度戦っているが、一年経ってどれだけ技術が増したのか、この目で確かめさせてもらいたい。リネット、キルリンネ、ガンデウス、こちらの三名がマノスさん、クシュリ君、アズナル君の相手を務める。ネルネシアとレニーアは少し待ってもらえるか」

ドランから割り振りを聞いた二人が頷く。

「ん、私は構わない。すぐにでも君と一戦交えたいところだけれど、自分と君の立場は弁えている。

ベルンを去るまでに一度でも手合わせが出来れば構わない」

「私には異論などございません。ただ、ベルンに来る道中、面白いものを見かけましたので、それについて少々ご相談させていただきたく思います」

レニーアの言う面白いものとは、ベルン村へと降下する最中に見たヴァジェ、ウィンシャンテ、クラウボルトの三体の竜種達だ。

残念ながらバハムートやリヴァイアサンは既に竜界に帰還しているが、彼女らでも格上の特訓相手としては申し分ない。もちろんアズナルやマノスにとっての格上であって、レニーアの格上となれば、それこそ最高位の神々か始原の七竜位しか存在しないのだけれど。

マノス達は異論を挟むつもりはないようで――挟んでも無駄だと思っているのかもしれない――話はとんとん拍子《ひょうし》で進む。

皆軽くその場で跳ねたり屈伸したり手首をこね回したりして、激しい運動に備えている。

ドラン達が観客席側に移ると、中央の舞台が膨大な数の結界で隔《へだ》てられる。

舞台上に残ったのは、マノス、クシュリ、アズナル、リネット、キルリンネ、ガンデウスの六名。

向かい合う六名の中、マノスがリネットに視線を固定して話しかける。

「ああ、ようやく話が終わったか。リネット、実に久しぶりだな。騎乗型ゴーレム『ガンドーガ』を引き渡した時以来か？　いや、卒業式の時に一応顔を合わせてはいたか？」

「はい、マスタードランの卒業式以来の顔合わせとなります。ガンドーガをはじめリネットの各種装備の製作に多大なご協力を賜《たまわ》った事、改めてお礼申し上げます」

「よせよせ、武装はともかく、ガンドーガに関しては、とてもではないがおれとドランの合作とは言えない代物《しろもの》だ。魔操鎧《まそうがい》を参考にした技術の骨子の提供などはしたが、ガンドーガにおれの知らない技術がどれほど用いられているか、それくらいはおれだって理解している。ああ、素晴らしい。世界に解き明かすべき未知が存在するという事実は、知性を持つ者にとって邁進《まいしん》すべき道が続く事を意味する。ああ、嘆かわしい。世界に明らかならぬ未知が存在する事実は、知性の光が遍《あまね》く世界の全てに行き届いていない事を意味する」

会話の最中に自分の世界に入り込んで長々と語り出したマノスだったが、ふと我に返ってリネット達に視線を戻す。

「……おっと、いかんな、ここは演説の舞台ではない。競魔祭に向けての特訓の場だった。おれは俗人だからな。競魔祭優勝に伴《ともな》う賞品の類は、手に入るのなら欲しい品だ。おれの知識と技術を更なる高みに押し上げる為に、世界が隠し持つ未解明の不思議、未知なる闇を晴らす遠大なる第一歩を踏み出す為に。さあ、リネット、希代のゴーレムクリエイターの遺産たる、生きたゴーレムよ。おれと少々踊ろうか！」

徐々に熱を帯びるマノスの言葉と共に、彼の指から髪の毛ほどの細さにまで加工したミスリルと疑似生態神経の複合金製の糸が伸びる。

金属糸が足元の影の中へと達すると、そこから鮮やかな赤い全身甲冑のゴーレムが飛び出した。

かつてマノスの用いたゴーレム『ガルゲンスト』は、下半身が車輪を備えた四本の足によって構成されていたが、それとは別の機体だ。

彼の新たなゴーレムは、人体の通常の位置にある手に加えて、背からもさらに二本の腕が伸びる四本腕の人型をしていた。

「マノス先輩は相変わらず興《きょう》が乗ると饒舌《じょうぜつ》になるな。それで、おれらの相手がえっと、キルリンネさんにガンデウスさんでしたっけ」

先ほどまでとは別人になったかのように火を噴きそうな勢いで言葉を重ねるマノスに、クシュリは呆れを露《あら》わにする。

とはいえ、特訓は特訓だ。

レニーアに無理やり連れて来られたようなものだが、競魔祭で活躍して将来の展望を開くという目的がある以上、クシュリにとっても今回の合宿は有意義である。

たとえ目の前にいるのが見目麗《みめうるわ》しい美少女と美女であっても、わざわざドランが用意した相手なのだから、見た目を裏切る強者であるに違いない。

「こちらの小さいのがキルリンネ。私がガンデウスと申します。どうぞ覚え置きくださいませ」

視線に気付いたガンデウスが優雅《ゆうが》に一礼する。

〝小さいの〟と紹介されたキルリンネは反論があるらしく、少しだけムッとした顔で姉妹と言える相手に抗弁した。

「ガンちゃん、私は小さくないよ～。むしろガンチャンよりもおっきいもの」

そう言うと、キルリンネは握り拳を腰の左右に当てて、ガンデウスよりも〝大きな部分〟を強調するように揺らした。

背丈は小さなキルリンネだが、確かに彼女の言葉通り、体の一部分——胸に関してだけは、ガンデウスより一回りも二回りも大きい。

怜悧《れいり》な印象の強いガンデウスの瞳がさらに細くなり、キルリンネに背筋《せすじ》の凍る視線を浴びせかけた。

リネットに引き取られたばかりの頃はまるで感情などない様子だったのに、昨今では常人に近しい水準にまで情緒を育《はぐく》んでいる。これもリネットの教育の賜物《たまもの》か。

しかし二人が張り合うのはいいとして、目の前で大きな胸を揺さぶられて、健全な男子であるクシュリとアズナルは目のやり場に困っていた。

キルリンネ達がどうやら普通の人間ではないらしいと薄々察してはいたが、どうにも整えた戦意を挫《くじ》かれそうなやり取りが続き、そちらの意味でも困りものだった。

これが実戦の場であったら即座に奇襲を仕掛けるところだが、試合形式である以上、始まりの合図があるまでは動くわけにはいかない。

クシュリ達の困惑が伝わったのか、ガンデウスは己の振る舞いを恥じるように一瞬目を伏せた後、特訓相手を務める少年達を見つめ直す。

「お客様を前に失礼をいたしました。改めて自己紹介をさせていただきます。私はガンデウス。ベルン遊撃騎士団の末席に名を連ねております」

ほんの少しだけ自らの肩書を誇らしげに語る様子を見せたガンデウスの左右の手元に淡い光の球が無数に生じ、それらが弾けた後には小型のボウガンが両手に握られていた。二人の為に用意された武器庫から、【アポート】という魔法によって空間を越えてボウガンを引き寄せたのである。

従来であれば、天人産の大量の銃火器やドラン製の魔法具による圧倒的火力による面制圧がガンデウスの持ち味だ。しかし、殺してはいけない相手にそれほどの武装を用いるわけにはいかなかった。

ガンデウスが意識を切り替えたのを見て、キルリンネもまた同じく【アポート】によって、今回の模擬戦で使用する手加減用の武装を手元に引き寄せる。

螺旋《らせん》の回転運動をするランスと無数の回転する細かい刃を備えた大剣が主武装のキルリンネだが、彼女もまた模擬戦ではそれを用いなかった。

手加減用の武器として選んだのは、拳から肘までを覆うガントレットだ。

「ガンデウスと同じく、ベルン遊撃騎士団所属キルリンネ。謹《つつし》んでお相手いたしま〜す〜」

「やれやれ、やっと舞台に続いて状況っつーか、空気が整った感じだな。そんじゃ、こっちも改めまして、ガロア魔法学院高等部二年生、クシュリだ。見ての通りの飛蝗野郎さ」

踵《かかと》を浮かせた前傾姿勢になり、クシュリは拳を軽く開いた状態で両腕を盾代わりに顔面を守る構えを取る。ひざ丈のズボンから伸びる足は飛蝗の甲殻で覆われていて、発達した筋肉が分厚く束ねられている。

飛蝗人は総じて人類種の中でも特に脚力に秀《ひい》でており、強化魔法を用いた他の人類種を素の身体能力で上回る例は珍しくない。

「ふう、怒涛《どとう》の展開の連続と言うか、レニーアさんと一緒にいると本当に退屈する暇もありませんね。良い事のような悪い事のような。先輩方にきちんとぼく達の実力を見ていただく必要はありますしね。ぼくはアズナル。ガロア魔法学院の高等部一年生ですよ。クシュリさんに倣って言えば、ご覧の通りの青虎人です。猫ではないので、そこはお間違えなく」

両足を肩の幅に開き、右足は前に、左足はやや後ろに。両手は虎を模すように曲げている。戦闘態勢を整えたアズナルの体から青い炎のような光がゆらゆらと立ち昇りはじめ、それはにわかに虎の形を成した。

リネットは妹分二人と客人達がようやく態勢を整えたのを確認し、身《み》の丈《たけ》ほどもある巨大な長柄のメイスを影の中から取り出した。

質量を増大化させる魔法を幾重《いくえ》にも付与した、愛用のメイスである。

「では、マスタードラン、お待たせいたしましたが、始まりの合図を頂戴出来ますでしょうか」

いささか従順すぎる従者からの言葉に、ドランはすぐさま頷き返した。

ガンデウスとキルリンネ達の日常での変化は彼も毎日目にしているが、戦闘の場ではさてどうなのかと、少なからず興味をそそられている。

ドランは右腕を高く掲げると一拍の間を置いて、勢いよく振り下ろした。

「それでは模擬戦、はじめ！」

ドランの発した合図の残響が消えるよりも早く、ガンデウスの両腕は素早くボウガンの狙いを定め、正面に立つクシュリへと人差し指大の光の矢が立て続けに殺到した。

クシュリの魔法視力を付与された瞳は、ボウガンがガンデウスから吸い取った魔力を光る矢へと変えたのを見逃さなかった。

矢を装填《そうてん》する手間を省ける魔法のボウガンは、決して珍しい品ではない。

使用者の魔力を矢へと変える変換効率と、変換された矢の貫通力や飛翔速度、連射速度によって、性能の評価が分かれる類の品だ。

撃ち出された光の矢は、通常のボウガンよりも倍は速かったが、クシュリは爆発的な踏み込みで自身の体を加速させてこれを回避。矢は彼の残像を貫くのみ。

飛蝗人の脚力は、クシュリにボウガンの矢に勝る速さを与えていた。

ドランの手によって強化加工されていた舞台でなければ、その踏み込みの衝撃によって足跡が深々と残っていただろう。

クシュリは戦闘開始と同時に発動させた身体強化魔法、肉体と魂に内包する飛蝗の因子をより強く顕在化させる魔法を行使し、身体能力をさらに引き上げていた。

ただしこれは、人間としての部分よりも飛蝗としての昆虫の部分が強まる影響により、思考の単純化などの弊害《へいがい》が出る為、強化しすぎるのもまた扱いが難しい魔法であった。

ドランの用意したジャッジメントリングによる守りがなければ、心根の優しいところのあるクシュリは、ガンデウスを相手に足を振り抜けなかっただろう。

「しゃあっ！」

剃刀《かみそり》の刃の如く鋭《するど》い呼吸と共に、蹴りを放つクシュリ。

振り抜かれる右足は鞭《むち》のように柔らかにしなり、同時にその尋常ならざる脚力により、甲冑を纏った人体をやすやすと両断する天下に名だたる名剣の切れ味を備える。

歴戦の戦士でも背筋《せすじ》を凍らせる一撃を、ガンデウスは充分な余裕を持って後方に飛びのいて避けた。それだけでなく、跳躍しながら両手のボウガンの矢を、右足を振り抜いた体勢のクシュリへと容赦なくお見舞いした。

無数の飛翔物が大気を貫く音が連続し、魔力の矢が飛来する。

右脇腹を狙った矢に対し、クシュリは逆に左の回し蹴りを放ち、これらをことごとく撃ち落とした。感嘆《かんたん》に値《あたい》する瞬発力だ。

観戦中のドランはほう、と一言漏らし、空中のクシュリが背中から飛蝗の羽を広げて飛行してみせた事に、再度驚く。

「手加減しねえぜ！」

「どうぞご遠慮なく」

わざわざ言わなくてもよい事を言うとは律儀《りちぎ》だと思いながら、ガンデウスの方もまた律儀に返事をした。

彼女は距離を取って射撃戦を演じるべきという定石を放り捨てて、自ら前へと踏み出して、クシュリとの距離を詰めにかかる。

ガンデウスはメイド服のスカートの裾をたなびかせ、精巧な人形めいた無表情で迫った。

その姿に得体の知れぬ不気味さを覚えて、クシュリは一瞬ぎょっとしたが、最初から普通ではない相手だと分かっていたではないかと、覚悟を固め直す。

クシュリに接近しながらも、ガンデウスは彼と糸で繋がれているようにボウガンの狙いをピタリと定めて矢を連射し続けている。

クシュリは両足だけでなく両腕も追加して動かして矢を打ち落とし、最小限の被弾に被害を抑え込む。

想定外の事態が発生しても、動揺をすぐさま抑え込んで有効な手立てをとる機転と決断の早さは悪くない。

一方で、ガンデウスの意図を読み切れていない詰めの甘さもある。

ドランはクシュリをそう評した。

ガンデウスが肉薄するまで距離を詰めるのは、クシュリの格闘技の主軸となる足技の間合いのさらに内側に潜り込む為だ。

ボウガンは本来飛び道具だが、彼女が使っているものは手の平とそう大きさの変わらぬ小型である上に、矢を装填する必要もない。

ガンデウスの力量ならば、短剣や小刀の如く肉弾戦で用いる事も可能だ。

両者は激しく動き回り、避けられた魔力の矢が舞台を覆う半球上の結界に当たって砕け散り、虚空《こくう》を薙《な》いだ回し蹴りが竜巻を思わせる回転速度で次々と繰り出される。

「ふむ、レニーア、クシュリ君はなかなかやるな。君のしごきと威圧に耐えて、ここに特訓を受けにきただけの事はある。強いて言えば、身体強化系の真っ当な魔法戦士であるから、幻覚魔法といった絡め手に対して、どこまで独力で対処出来るのかが気になるな」

「流石はドランさんの慧眼《けいがん》でございます。クシュリはあの歳にしては高水準の魔法戦士です。しかし、その戦法は真っ当すぎて、対処の仕方がある程度確立されています。通常の攻撃魔法であれば全身に満ちる高密度の魔力により、高い防御性能を有しますが、精神に干渉する類の魔法と疫病や毒素などを撒《ま》き散《ち》らす魔法に対しては、はっきり言って今一つと罵《ののし》らざるを得ません」

ふん、とクシュリの弱点を吐き捨てるレニーアを、ぴったりと傍らに寄り添っているイリナがいつものように少しおどおどした態度で窘めた。

「レニーアちゃん、そこは〝罵らざるを〟じゃなくって〝言わざるを〟にしようよぉ。ちょっと言葉が強いよ?」

ドランが魔法学院を去った後も、相変わらず精神性も肉体の凹凸も正反対の二人だが、仲が拗《こじ》れはしなかったようだ、とドランは密かに一安心していた。

イリナがレニーアの傍にいる光景は、安全弁がしっかりと機能しているような安心感をもたらしてくれる。

「ふふん、それは今更よ。私にそのように評価されている事も、自身の弱点も理解している。それくらいの頭はあやつとて持ち合わせておるわ。悪罵《あくば》の幻聴や幻覚を押し付けられる類の幻覚や呪詛《じゅそ》なら、私に散々罵倒《ばとう》された結果、耐性が出来ているがな」

「ええ～？　レニーアちゃんに怒られたら慣れるの？　クシュリ君やアズナル君がなんだか可哀想……」

イリナは疑わしげな声を出すが、実はレニーアの言う通りである。

シエラやネルネシアも、クシュリ達がレニーアの悪罵を受け、思念で吹き飛ばされる度に徐々にだが、呪い等に対して耐性を獲得しつつあるのを知っていた。

何故彼らが耐性を獲得出来たかというと、それはレニーアの魂が理由だった。

比較しようがないほど圧倒的に格が上の魂を持つ彼女が、言葉に力を乗せて簡易的な呪詛に変え、日常的に彼らの霊魂を鍛えていたのだ。

適度に手加減された大神からの悪罵という他に例を見ない鍛え方によって、今の二人にとっては、ちょっとやそっとの呪詛などそよ風程度になっている。

耐性を獲得したのは確かに見事な成果ではあったが、そこに至るまでの方法が美少女に日常的に罵倒されるというものなのだから……なんとも考えものである。

「嘘など言わぬわ。そんなつまらぬ真似をするものか。それに、蜃気楼《しんきろう》のような単純な幻覚の類に関しての耐性は得ていないからな。相応の魔法具を用いるか、あいつらが自分自身を鍛える他ない。その点では、クシュリよりもアズナルの方が有利だ」

そう言いながら、レニーアはそのアズナルの方に視線を送った。

自分の中にある人間ならざる因子を強化する魔法を用いているのは、クシュリもアズナルも同じだが、二人の間には決定的に異なる点があった。

アズナルは自らの能力強化以外にも保有している青虎の霊的因子を、巨大な青虎の守護霊として体の外に実体化させる方法をとっているからだ。

アズナルと対戦するキルリンネは、並大抵の鈍器など簡単に粉砕してしまいそうなガントレットに包まれた両腕を、小さな体躯ならではの回転の早さで繰り出している。

しかしアズナル自身もまた獣の身のこなしや素早さを武器としており、さらに実体化した青虎の守護霊との連携で彼女の勢いを削いでいる。

激しい動きによってキルリンネの体の一部が盛大に揺れる様子に、青少年の意識と目が思わず引かれたのも最初の一度きり。

間一髪《かんいっぱつ》のところを掠《かす》めていくキルリンネの剛腕の一撃ごとに、アズナルは神経を鉋《かんな》で削られる思いをしている。

彼が実体化させた青虎は、霊的な存在として猛獣の青虎を上回る膂力《りょりょく》や知性を持つが、対するキルリンネはその巨躯にまるで怯んでいなかった。冷静に青虎の鼻面を殴り飛ばし、迫ってくる顎や前足に拳を見舞っている。

「少しも怖くはないんですか？　初見の方には結構、驚かれるものなのですけれど！」

思わずアズナルが叫んだ問いに対し、キルリンネは彼よりもさらに幼い容貌にほんの僅かに不思議そうな感情の化粧を施して、最小限の動作で右拳を振り抜きながら答えた。なんとも物騒な返答の仕方である。

「うん。特に怖くないかなあ？」

キルリンネからの返答には、さらに左の裏拳がおまけとしてつけられていた。

巨大な大理石も一撃で粉砕する豪力の裏拳は、その風圧によってアズナルの前髪を数本断ち切った。

その青い髪の毛が宙を舞い、地面に落ちる前に、青虎がナイフのように太く鋭い爪を閃《ひらめ》かせて、キルリンネの首筋を後ろから薙ぐべく右前肢を振るう。

人間の首などまとめて三つも四つもへし折る事の出来る一撃を、キルリンネは勢い良くその場にしゃがみ込んで躱《かわ》した。

さらに、脇に引き寄せた左拳によって青虎の顎を真下から垂直に打ち抜いて、その巨体を大きく吹き飛ばす。

半実体半霊体の青虎とはいえ、キルリンネの何倍もの重量がありそうな巨体が、小柄な彼女の一撃で吹き飛ぶ光景には、奇妙な爽快感があった。

普段は自分がそうする側であるアズナルは、立場の逆転したこの模擬戦に早くも舌を巻いている。

彼は今まで、ベルン男爵領で特筆すべきは先代四強のクリスティーナやドラン、ドランの使い魔を務めていたセリナ達くらいのものと思っていた。

ところが、このメイド服姿の少女達は一瞬の油断も許されない強敵だった。

「ええ、確かにこれは鍛えられそうですけれど、よくもまあこんな使い手達が！」

アズナルの言葉と苦み走った表情から、キルリンネは、どうやら自分はドランやリネットから与えられた役目を無事に果たせているようだと、少しだけ安心する事が出来た。

その思いも込めて、安堵の表情と共に心からのお礼の言葉を口にした。

「ありがとうございます！」

お礼を言うのは良いのだが、同時に剛腕が加減なしで繰り出されては、なんの嫌味か、とアズナルが疑問を抱くのも致し方ない。

想像以上に強力で、なまじ美しいが故に不気味さを覚える相手に、クシュリとアズナルが戦慄している一方で、マノスとリネットは二組に勝る激闘を繰り広げていた。

リネットが巨大な鈍器を縦横無尽《じゅうおうむじん》に振り回すのに対し、マノスのゴーレムもまた、四本の腕に棍棒、斧、メイス、鉈を持って、見ているだけで寿命が縮まりそうな接近戦を演じている。

リネットが全身のばねを活かし、キルリンネ達をさらに上回る膂力で振るう長柄のメイスは、一撃で二階建ての石造りの家屋を文字通り粉状に砕く破壊力だ。

これに対し、マノスの指から伸びる操縦糸と思念によって、繊細にして精巧極まる操縦を受けるゴーレムは、遥かに勝る手数によって応戦し続ける。

先程から巨大な質量同士が高速で激突する爆音が、楽曲の如く鳴り響き続けており、結界にある程度の防音機能がなかったなら、ドラン達は耳を抑えて顔を顰《しか》めていただろう。

「やはり素晴らしいな、リネット。おれの最新鋭機『キリーティ』を相手に、互角以上に戦ってみせてくれるか！　内蔵している動力機関と魔法式の高出力と高燃費もあるが、骨格と筋繊維、神経系、臓器、どれをとっても最高の品揃え。手入れも欠かしていないようだな！」

「リビングゴーレムとはいえ、女の形で創造された以上は、最低限の身だしなみには気を遣うべきであると、リネットは認識しています。そしてマスタードラン所有のゴーレムとして、恥ずかしくないよう外見を整えるのは、仕える者として当たり前の事です」

「その思考はドランが与えたものではなかったという話だな。創造主のイシェル氏が刷り込んだ思想かもしれないが、お前の言葉には〝そうあれと定められているから〟という以上の感情が込められている。素晴らしいな、君には確かに心が宿り、思考を有し、思想を持ち、精神を発露し、生きているのだ！　ははは、おれは生命を持ったゴーレムの創造は露《つゆ》ほども考えてはいないが、君が素晴らしく、素敵な存在であるのは保証するぞ！　あはははは、さあ、行くのだ、キリーティ。どちらかというと競魔祭よりもこちらの方が、おれとしては本番だという気がしないでもないがっ！」

マノスの操作を受けるキリーティは、操縦者の感情の高ぶりによってさらに芳醇《ほうじゅん》な魔力が供給された結果、僅かに挙動を加速させ、膂力を増した。

休みを知らない嵐の連続攻撃が凶悪な獲物を携えるリネットに襲いかかる。

「問題発言に関しては聞かなかった事にしますが、競魔祭でも発奮なさるよう期待します」

「はは、どうかな？　王都の連中が用意する魔操鎧次第でおれのやる気は変わるだろうな！　はっはははは」

リネットがガンドーガを使っていないのもあるが、マノスはクシュリやアズナルに比べれば互角に近い戦いをしている。

ドランは最後に見た時よりも向上した彼の操縦技術やキリーティの完成度に、素直に感心していた。

「マノスさんは選択している授業の関係で四強には選ばれていないが、ゴーレムの性能と併せて考えれば、歴代の平均的な四強の水準に達している。彼がレニーアの選抜に耐えたのは僥倖《ぎょうこう》だったと思うが、君の評価はどうなのかな？」

「そうですな、マノスの奴は、ドランさんと戦っておきながら心が折れなかった奴です。以前から見込みのある奴と思うてはおりました。さらに、ドランさんとの共同作業が功を奏して、より強力なゴーレムを造れるようになっていましたから、使える奴と考えております。それに、キリーティ以外にもゴーレムを造っておりますし、相手によって手札を変えられる柔軟性と多様性は、私達の世代の中では希少です。私もネルネシアも、出来る事はただ一つですので」

「思ったよりも客観的にマノスと自分達の事を見られているのだね。それでもハルトやエクスといった、他校の筆頭格の相手はいささか厳しいと言わざるを得んが……」

「マノスもそやつら用の切り札は用意すると、以前口にしておりました。対精霊魔法、対魔法剣士用の特製ゴーレムでも造ってあるのでしょう。ま、私が当たればどちらも軽く潰してみせるのですが、あやつも簡単に負けはしないと言えるでしょう」

「ふむ、競魔祭の時期とこちらの問題が重複しなければ……いや、重複しても必ず観戦に行くよ。流石に競魔祭の開催が中止されたら無理だけれど」

「ベルン男爵領での問題……私もそれなりに情報を集めておりますが、去年、村を襲ったゴブリン共に毛が生えたような連中ですか。まったく、ドランさんのおられるベルンの地に汚らわしい足を踏み入れようなどと、万死に値する」

明らかに憤怒《ふんぬ》を宿した声音《こわね》のレニーアだったが、その口元に浮かぶのが凶悪無残な殺戮者《さつりくしゃ》の笑みである事を、ドランは見逃さなかった。

四日間の滞在中に、彼女は暗黒の荒野に何か手出しをするに違いない。

やれやれ……と、胸の内で溜息を零しながらも気持ちを切り替えたドランは、傍らで観戦しているネルネシアに視線を転じた。

この少女の気質を考えれば、このまま黙って見ているだけで満足するなどあり得ないはずだと訝しむ。

「ネルは見ているだけで構わないのかい？　君の事だから、リネット達相手に腕を鳴らしたがるかと思ったけれど。それとも、私が相手を務めればよいのかな？」

「そう望んではいるけれど、今でなくていい。今は後輩達の実力を確かめてもらう為の時間だから。それに、私の調子が絶好調に達するのは二日後。ドランと模擬戦をするのはその時にお願いしたい」

言葉こそ常のネルネシアらしく、冬の景色を白く染める氷雪の如く冷たいものだったが、青い瞳には隠そうともしない闘志の炎が轟々《ごうごう》と燃え盛っていた。

ドランが卒業してから今に至るまで、彼女がどれだけ強敵との闘争を求めていたのかが分かる。

この少女と初めて模擬戦をしてからもう一年以上経つのかと、ドランは心の片隅で過ぎた時の流れの速さに思いを馳せながら、親愛なる元同級生に尋ね返す。

「私やクリスが卒業しても、レニーアがいたと思うが、彼女が相手では満足出来なかったのかい？」

「レニーアも、ドランやクリスティーナ先輩と同じように私がどうしても勝てない相手だから、彼女との模擬戦に不満があるわけではない。レニーアはレニーア、ドランはドランというだけの話。なかなか貴方と魔法を交わし合う機会も減ったものだから、その機会を逃したくないと私が思うのは自然な成り行き。自然、自然」

「少し、口が達者になったように見受けられるな。そこまで求められるのならば、私も相応に相手を務めてみせるとも。しかし魔法学院を卒業してからの数ヵ月程度では、ネルの性根は変わらないか。最上級生になったのだから、後輩達のお手本としてもう少し落ち着いてはどうだい」

「私は自分を偽ってまで生きるつもりはない。大丈夫、私がここまで拗らせている性格である事を知っているのは、ファティマやレニーアをはじめとした一部だけ。大半の生徒は私の事を遠巻きにして眺めているだけだから、内面にまでは踏み込んでこない。よって、私を口数が少なく、表情の変わらない冷徹な女生徒としか思っていない」

「まあ、その評価は決して間違ってはいないが、だからといって、その評価だけしかないのも問題ではないか？　ファティマもそれで良いと思っているのか？」

ドランはネルネシアの隣に立つ小柄な少女に問いかける。

戦闘能力は欠片もないファティマだが、魔法学院での日常においては、むしろ彼女の方がネルネシアの保護者としての面を持っている。

国内の有力貴族アピエニア家の息女であるネルネシアが、他の貴族の子弟らと交友関係を構築せずに学生生活を送っても大丈夫なのか。

ドランはそのことも言外に案じていた。

「アピエニア家の家風みたいなものかなあ？　近づいてくる相手を選ぶというか、自分で声くらいかけてこいって、切り捨てているみたいな？　それに、ネルちゃんだってお茶会とかを全くしないわけではないよ。最低限以上のお付き合いはあるから、大丈夫、大丈夫」

ファティマはドランが言葉にしなかった部分もきちんと理解した上で、いつもの人好きのする柔らかな笑みを浮かべて答えた。

この少女の笑顔と人柄だけでも、人類に対して味方をするには充分すぎる理由になると、ドランはかねてから本気でそう思っている。

このような少女が誕生するのなら、たとえ神々に失敗作と謗《そし》られようとも、人類には今日まで存続してきた意味と価値があるのだと、彼は信じていた。

「ふむ、確かに時々ネルが本当に有力貴族のご令嬢である事を忘れてしまうが、〝なんちゃって貴族〟の私などよりも、余程しっかりしているのが道理か。生まれた時からその手の教育は受けているはずだし、要らぬ心配をしてしまったな」

「ネルちゃんの貴族らしさに不安を抱くのは分かるよ。うん、でも、ネルちゃんはそういうところもしっかりしているのでしたぁ～」

ファティマは、調子に乗ってエッヘンと胸を張るネルネシアの頭を、背伸びして撫ではじめる。ネルネシアの方もファティマが撫でやすいようにすぐさま腰を屈めるあたり、二人の仲の良さをよく表わしている。

そんな二人の姿を見届けて、ドランは新しい笑みを浮かべた。

「君達はまさに終生《しゅうせい》の友《とも》だな。二人が末長く親しい仲であり続けると確信出来るよ。そうであれと祈る必要もないくらいにね」

「えへへ、私もずっと仲良くしていられるといいなって思っているよ。ネルちゃんだけじゃなくって、ドランとレニーアちゃんともねぇ～」

「ふふ、やはり、私は君には勝てそうにない。ファティマはどんな剣や魔法よりも強く、そして素敵な武器を持っている。ああいや、武器と言っては語弊があるが……」

「褒めてくれてありがとう。ところで、ドランはクリスティーナ先輩をクリスって呼ぶようになったんだね」

ファティマはニコニコしながらドランを見上げて、小首を傾げる。

「ああ。正式な発表はまだだが、つまりはそういう関係になったという事だよ。今は北の件や新しい移住者、領内に立つカラヴィスタワーの運用の事もあって立て込んでいるが、遠からずアルマ

ディアの家にも挨拶くらいはしないといけないだろう」

「う〜ん、ベルン男爵家は新興のお家だけれど、系譜で考えればアルマディア侯爵家が始まりだし、クリスティーナ先輩自身が現侯爵様のご息女だからね。ましてやドランは、先輩と結婚するまでは、あくまで騎爵位と騎士位持ちの一代貴族だから、挨拶に行かずに済むわけがないかぁ」

「別に嫌だとは思っていないよ。緊張はするが、私の家への挨拶は、セリナやドラミナ、ディアドラにクリスだって済ませている。だから彼女達だけに押し付けて、私だけ相手の家族に顔を見せないわけにはいかん」

「そうだねえ。それにしても改めて聞くと、ドランはつくづく女性の敵だねえ。あんなに綺麗《きれい》で可愛い人達の心を四人も射止めているのだから、男の人にとっても敵なんじゃないかなあ？」

「ふむ、私もふとした時にそう思うよ。セリナにも〝いつか刺されちゃいますよ〟と、冗談半分で何度か忠告されたし。惚れた甲斐のある男だったと、最後まで思ってもらえるよう努力するだけさ」

「おお〜、これは惚気られちゃったのかな？　結婚式もそう遠くなさそう〜。四人と一緒に式を挙げるの？」

「そこは私達の間でもなかなか結論が出ていなくてね。もちろん建前を考えれば、まず私とクリスが挙げなければならない。しかし、一旦法律上の事などは忘れて、四人全員で式を挙げてしまえばいいのではないか、という意見も繰り返し出ているよ」

それに、式を挙げる度に天界や竜界の関係者が来る可能性が高い事を考えると、アークレスト王国での付き合い以上にそちらの方を考慮して日程を組まなければならないだろう。

ドラン達にとって挙式の問題は、ともすれば暗黒の荒野の魔王軍以上に強敵だった。

「まあまあ、いつまでに式を挙げなければいけないなんて決まりがあるわけでもないから、変に焦って悔いを残すような事にならなければいいよ。でもあんまり遅いと、私かネルちゃんの方が先に式を挙げるかも～。ひょっとしたらレニーアちゃんかもしれないね～」

思いもよらぬ所で自分の名前が出てきたな、とレニーアは少しだけ眉根を寄せて、今ではすっかり心を許しているほんわかとした少女に、苦笑とも嘲笑《ちょうしょう》とも取れる笑みを返した。

「お前は相変わらず突飛な考えをする。それがお前の一族の特徴なのか、お前だけの特徴なのかは知らんが、私にとっては興味のある事柄ではないな。だが、お前とネルネシアの結婚式に足を運ぶのは吝《やぶさ》かではないぞ。ふふん、その時には盛大にやるが良いわ」

「は～い、そうするねえ。ふふ、相手はまだいないけど、今から楽しみだなあ。ん～、そういえば、レニーアちゃんはドランと模擬戦をしなくっていいの？　前は喜んで大笑いしながらドランに向かっていったよね」

「ふむ、ドランさんとの実力差は相変わらずだが、少しはマシになった今の私の力を確かめていただきたくはある。しかし、私はそこの戦闘好きの氷女とは違って、別に戦いのみで自分を示したいわけではないのでな。合宿最後の日にでも一戦、軽く手合わせをしていただければ充分だ」

かれこれレニーアとの付き合いも一年以上になり、関係もだいぶ濃厚と言えるが、それでもこの反応はファティマやネルネシアには少々意外なものだった。

レニーアのドラン離れ——ドランからすると親離れ——を少しだけ感じさせるもので、それは微笑ましさと同時に僅かな寂しさがある。

「自分の事は自分で面倒を見る。あまり口を挟む必要はないぞ。さて、マノスは思《おも》いの外《ほか》善戦したが、やはりクシュリとアズナルではリネットの妹分の相手は荷が重いか。メイドの格好なぞしているが、キルリンネ達もあれでまあまあ強いからな」

レニーアの視線の先では、もう何度目になるのか、ジャッジメントリングによる絶対の守りを発動させているクシュリ達の姿が映っていた。

第三章――――聞いていない

ベルン男爵領を来訪して初日という事もあり、旅の疲れも考慮して、六名の模擬戦は早めに終了となった。

早速クシュリとアズナルは汗を流し、マノスはキリーティの整備に取り掛かる。

レニーア達はこのままクリスティーナの屋敷でお世話になるのだが、夕飯までまだ時間がある。

この空いた時間にベルン村を観光しようという話になり、一行はクリスティーナとドランに断りを入れてから出かけた。

模擬戦を行わなかったのもあって、レニーア達女性陣が元気いっぱいであるのに対して、クシュリとアズナルは流石に疲れた素振りを見せている。

意外にも、マノスもこの観光に同道している。しかしこれは結局、ゴーレム造りに関する示唆を得るのが目的らしい。

一行はベルン村の南西部を中心として再整備された商業区画へと向かう。

道すがら、イリナやクシュリ達はすれ違う人々の多様性に改めて目を丸くし、あちこちで建てられている新しい家屋に目をやる。

「それにしても、本当にベルン村は大きくなっているね。もう、村の規模を超えていると思うな。人もすごく増えているけれど、お役人さんとか足りているのかな？」

様子を見回しながら、イリナが至極真っ当な疑問を口にした。

クシュリとアズナルも似たような事を考えていたのか、会話に意識を向けている。

ベルン男爵領は彼らの就職先になるかもしれない土地だから、情報収集にも熱が入るというものだ。

イリナの発言に答えたのは、貴族の息女としてある程度知識のあるファティマだった。

「ガロアだけに限らず色んなところで人材の募集を掛けているらしいよ〜。それに西の方に向かう人の数が多いけれど、ほとんど兵隊さんか建築関係の人っぽいから、新しい村や砦《とりで》を建てようとしているのかも？」

ベルン村に北のゴブリンの軍勢が襲来した記憶は、この近辺の人々にとっても新しい。

新領主のクリスティーナが再び襲来に備えるのは当然で、魔王軍の詳細を知らないファティマ達からしても、疑問を挟む余地はない。

一行の中では武闘派の家に生まれ、将来は実家の魔法使いの戦闘部隊に配属されるだろうネルルネシアが、自らの見解を口にする。

「ガロアや、ガロアを経由してベルンに流れている資材の中には、城砦に用いられる建材や魔法の触媒《しょくばい》になる物が多いし、保存食の類も多い。住人の増加への対処もあると思うけれど、それ以上に戦への備えの方が多い。兵士になる人、その兵士をまとめられる人、軍隊を飢えさせない為の物資の手配の出来る人と、募集している人員にも多少の偏りが出ているかも」

「ネルネシア先輩が言うと、本当に戦争になる気がしてくるな。おれやアズナルみたいな魔法戦士は多人数との戦闘に向いていないから、あんまり需要はないかもね」

クシュリは戦争における魔法使いの役割について、間接的に言及していた。

千、万単位の兵士が激突する戦争で魔法使いに求められるのは、広範囲に及ぶ大規模な火力である。

もちろん、それが全てというわけではないとはいえ、クシュリとアズナルはこの大規模火力に関してはは大いに欠けると言わざるを得ない。

「小規模の精鋭部隊を結成し、敵陣中枢を叩くなどの運用であれば有用。ベルン男爵領は上層部がまさにそれだけれど、上層部の人員はそうそう前線には出られないし、ドラン達も自分達の代わりに前線を任せられる精鋭を求めていると思う。クシュリとアズナルがもう一回り――ううん、一回り半くらい強くなれば、最初からそれなりの地位に就けてもらえると思う。指揮を任せられるかどうかは、実力を確かめた後」

ただ、ネルネシアの知るドラン達の実力を考えると、彼らはそもそも従来の戦争や軍隊の概念が通じない領域にいる。

それでも、ドラン達は意図的に自分達が〝普通の概念〟に含まれるように配慮しているはずだと、ネルネシアは分析している。

アークレスト王国に反旗《はんき》を翻《ひるがえ》そうだとか、独立しようとしているなど、余計なやっかみや勘ぐり、厄介事を防止する為の処置だ。

とはいえ、クリスティーナ達が領民や兵士に被害が出るのを許容するとも思えないから、結局は常識から外れた行為をする事になるのだろう。

ネルネシアはその未来をほぼ確信していた。

「そうっすか。まあ、正直、戦争って言われるとちょっと腰が引けちまいますね。そりゃまあ、多少の荒事には慣れちゃいますけれど、実際に命のやり取りとなるという、まだまだ覚悟が固まってないっす」

クシュリが少しだけ自虐的に本音《ほんね》を漏らした。

これに反応したのは、先頭を歩いていたレニーアだった。

その手には茸《きのこ》の串焼きと腸詰肉の串焼きが一本ずつ握られている。時折屋台を眺めていたが、いつの間にか買い求めていたらしい。

「お前達は別に戦争で武功をあげようとしているわけではあるまい。ならば別に覚悟が固まっていようがいまいが、責められる道理はない。戦場に立ってウダウダとそんな戯言《たわごと》をのたまうようでは、他の連中を巻き添えにしかねないぞ。私ならその場で処断するか後方送りにするが、ここはまだ戦場ではないから見逃してやろう。これでも食っておけ。アズナル、お前にもやる。私の奢りだから、お金の心配はしなくていいし、遠慮もするな」

レニーアはクシュリ達以外にも、小さく切った果物の詰め合わせや焼いた芋にバターを載せた物などを購入して、全員に手渡した。

彼女はおよそ吝嗇やケチ臭さとは関係のない性格をしていた。

ありがたく受け取ったアズナルは、赤いソースをたっぷりかけた串焼きを頬張る前に、おそるおそる暴君染みた先輩に声をかける。

「そういえば、レニーアさんは良くぼく達に奢ってくださいますね。意外と言っては失礼になりますが、そこまで気を遣ってくださるとは、直接お会いする前に抱いていた印象からは想像もつきませんでした」

アズナルの言う通り、レニーアは食事以外にも授業で必要になる魔法素材や資料の手配など、何くれとなく手助けしてくれる。金銭的に苦しい二人にとっては、大いにありがたかった。

また今回の強化合宿では、実戦形式による特訓だけでなく、勉強面でもレニーア達上級生がクシュリとアズナルをみっちり見る予定になっている。

「ふん、お前達は私が気に掛けるだけの価値を示したからだ。私が篩《ふるい》に掛けて落とした連中ならば、歯牙《しが》にもかけぬわ。それに、私も年長者として相応の寛容《かんよう》さを示すべし、と心がけているからにすぎぬ」

価値がなければ興味すら抱かないと宣言したも同然であるが、こちらの方がレニーアらしい発言だ。

寛容さを示すべしという教えは、人間の父母の方から教わったものだろうか。

「それに今日は初日だからと手加減したが、特訓に関しては明日以降、厳しさを増すものと心得るがいい。幸いにして、ベルン村の湯は特製の入浴剤の恩恵で、疲労回復効果が抜群だ。多少の擦《す》り傷《きず》や打ち身程度は、一時間も浸かっていれば治る。お前達の疲れ果てた心身も、たっぷりと食べて深く眠りにつけば、否が応でも翌朝には回復しているだろう。そしてまた泥のように疲れ果てるまで、徹底的に鍛え抜いてやる。ふはははは！」

飴を与えた後にはきっちりと鞭をくれる事を忘れないレニーアだった。

どちらかというと、鞭の後に飴を与える方が良いのでは？　と、イリナは独特の感性に従って生きている親友にこっそりと心の中で疑問を呈していた。

何しろ、今回の場合は飴と鞭とで、とてもではないが釣り合いが取れていないのだから。

「ま、まあ、ぼくもクシュリさんも、競魔祭に向けて腕を磨くのが目的なので、鍛えてもらう分には、構わない……ですよ」

「青猫、そこは言い切る方が男気があるぞ……まったく。それはともかく、マノス！　お前は何をさっきからあっちをウロウロ、こっちをチョロチョロとしている。五歳児か！」

かなり強い語気で発せられたレニーアの言葉を背中に浴びて、何やら店先で自分の顔ほどもある薄緑色の鱗をしげしげと眺めていたマノスが、悪気《わるぎ》のない顔で振り返る。

「おお、おれを呼んだか、レニーア？」

「おうとも、呼んだとも。まったく、私達からはぐれていないだけマシだが、お前は本当に自分の興味に従って生きておるな。うん？　その手に持っているのは、ワイバーンの鱗か」

「そうだ、ワイバーンの鱗だ。色の具合や厚み、魔力の量からして、老齢にさしかかった個体ものだろう。他にも幼体のものから成体のものまで幅広く揃っている。それに見ろ、こっちは水竜の鰭《ひれ》に皮膜《ひまく》の一部だな。地竜の爪もあるし、こっちには滅多に市場に出回らない雷竜の角の一部もある。雷竜は立ち入るのも難しい高山を棲息域にしている例が多い為に流通量が少なく、市場価格は他の竜よりも相当に高い」

そもそも、どれだけ流通量が多くても、これらは小さな平屋の店先に並んでいて良い代物ではない。

三竜帝三龍皇のお膝元でもなければ、こうも気易く竜種の素材を購入する事は出来ないだろう、とマノスが付け加える。

ワイバーンだけならばともかく、水竜や雷竜の素材まであると言われれば、魔法を学ぶ生徒であるネルネシア達も興味を惹かれて、まだ真新しい木の匂いの香る店先を覗き込む。

店内にはびっしりと竜種に関わる素材が竜の種類と部位毎に綺麗に並べられ、店の奥にあるテーブルの向こうに、かろうじて人影が見える。

魔法使いなら誰もが涎《よだれ》を垂らしてしまいそうな光景が、辺境の発展途上の村の小さな店の中に広がっている事実に、レニーアを除く全員が驚きを露わにした。

この店の中にある素材を独占出来れば、一体どれだけの富を手中に収められるだろうか。

マノスが目を付けるまで、他の客の姿が見受けられないのが意外なほどの品揃えだ。レニーアにはすぐさまその理由が分かったらしく、ちらりと店先を見回して断言する。

「なるほど、ある程度の実力がなければ、この店を気にも留めないように、人避けの結界が張られているぞ。クリスティーナ直筆の運営許可証が飾られているから、領主側もそういう経営の仕方を許しているようだ。ならばこれで問題はないのだろう」

「へえ〜、やっぱりドランやクリスティーナ先輩は規格外だねえ。この前、モレス山脈の竜種さん達と正式に友好関係を築いたっていう話だから、その竜種さん達から貰った素材なのかもしれないねえ」

ファティマも感心した様子で素材を眺める。

軒先で交わされるレニーア達の会話が店の中にも届いたのか、店の奥から一人の若い女性の店員が姿を見せていた。

うっすら青みがかった長い髪に、透き通るような碧眼《へきがん》が印象的な人間種だ。

「お嬢さんは勘が鋭いですね。仰る通り、この店で取り扱っているのはモレス山脈の竜種達から輸入した、彼らとその眷属達の体の一部です。ほとんどは脱皮した時の物や何かの拍子で剥がれ落ちた物などですが、それでも価値は充分にありますでしょう？」

やや細目の店員は両目と口元に緩やかな三日月を描いて、珍しい客を歓迎しているようだった。

開店間もない様子からすると、ひょっとしたらレニーア達が初めての客だったのかもしれない。

「はい。どれも普通ならぁ、目にする事も滅多にない素材ばっかり〜。でも、人避けの結界まで張ってあるなんて、取り扱いが大変なものなんですか〜？」

「いえいえ、いくら竜種の体の一部とはいえ、いきなり暴れ出したりするものではありません。無《ぶ》粋《すい》な真似をしようとする方々にだけ気をつければ大丈夫ですよ」

「それでもすごいなぁ。ご領主からこのお店の事を任されているのですよねえ。お姉さんはとても信頼されているんですねえ」

ファティマは持ち前の人当たりの良さを発揮して、店員とすぐさま打ち解けてしまう。

「ええ、ふふ、ありがとうございます。私にとってもこの地はとても尊い方々とご縁のある土地ですから、一端なりともお役に立てるのなら光栄です」

店員はどうやら本気で今の自分の仕事に喜びと栄誉を見出しているらしく、頬をうっすらと赤くして、機嫌良く微笑む。

一方で、ネルネシアは、目の前の店員に何か見覚えと言えばいいのか、その雰囲気に対して、記憶の中で何か引っ掛かるものを感じていた。

他の面々の顔を見れば、シエラとイリナも少し首を傾げたり、考え込んだりしている様子だ。マノス達は竜種の素材に夢中で、見回したり手に取ったりを繰り返している。

例外はやはりレニーアであった。

「ふん、店員、お前は竜種であろう？　大方、ベルンで商売をするにあたって、騒ぎにならんように人間に変化している、といったところか。ファティマ、お前は他の皆も気付いていると思っているようだが、気付いてはおらんぞ」

「ええ？　クシュリ君達はともかく、ネルちゃんやイリナちゃんは、ヴァジェさんと何度も顔を合わせているし、似たような気配だって分からない？」

この発言から察するに、どうやらファティマは最初から目の前の店員が竜種だと気がついた上で接していたらしい。

突如として目の前の店員が地上最強種だと知らされたクシュリとアズナルは、驚きのあまり言葉も出ない。

「あら、一目で看破《かんぱ》されるなんて、私もまだまだですね……いえ、貴女はひょっとして、レニーアさん？」

店員はこの店を任される前に伝えられていた要注意人物の一覧を思い出し、目の前の少女が真なる竜種と関わりのある神造魔獣の生まれ変わりである事に気付く。

砂を散らすように自分を滅ぼせてしまう超越者を前にして、店員は無意識のうちに生唾を呑み込んだ。

圧倒的強者として生まれ落ちた竜種の店員にとって、自分が弱者の立場に追いやられるのは初めての経験であった。

「ふん、ドランさんから話は通っているか。そこの痩せた眼鏡と飛蝗と青猫以外は、深紅竜のヴァジェや水龍の瑠禹《るう》と付き合いがあるのでな。竜種の気配くらいはなんとなく分かる。特に私とファティマは、そちらの感性が鋭い。別にお前の変化が未熟だったというわけではない」

ドランやクリスティーナ達が一生懸命友好関係を築こうとしていた相手であると理解しているか

ら、レニーアに害意は欠片もない。

店員が若干怯えているのは、大邪神を片親に持つレニーアの魂が備えている邪悪さ故だろう。

「ドランさんから伺ったが、モレス山脈で採れる岩塩やら鉱石やらとは別に、竜種関連の素材の卸売《おろしうり》？　と言えばいいか、売買を試験的に店舗で始めているらしいな。それがこの店だったか。人間や亜人相手でも問題ない態度を取れる者が店番を任されるはずだ。クリスティーナやドランさんと直接言葉を交わした個体の中に、お前くらいの歳の者はいなかったと聞くが、後になってから派遣された身内の者か？」

「ええ、そうです。私は水竜ウェドロの親戚筋《しんせきすじ》の者で、幸いにしてこのお役目を頂戴したのですよ。最初は竜人の姿でこちらにお勤めしようかと思ったのですけれど、純粋な人間の姿の方が騒ぎにならないだろうと思いまして。それに、その、竜教団の方達を主なお客様として想定しているのですが、竜や竜人の姿ですと少し……」

竜種を信仰の対象とする竜教団の信者達の熱烈な態度を思い出したのか、店員は少し言い淀む。

「ああ、ここに来たのはかなり熱心な信仰心の持ち主の一派らしいからな。ドランさんがあまりの熱心さに苦笑していたほどだから、大したものなのだろう。奴らからすれば、この店舗はさぞや重宝するだろうよ。とはいえ、学生の私達にとっては、いくら低価格でも必要性はない。ここで安く買って他所で高く売れば利益は出るが、こうして人避けまでしているのだ。あからさまな転売目的の相手に売る気はないのだろう？　素材が素材だしな」

「理解が早くて助かります。ベルンの方々と手を取り合いはいたしますが、他の土地から来た方々となると、話は別ですから」

「ドランさん達に迷惑のかからぬ程度に好きにやればいいだろう。私にはそれしか言えんが、困った事があったらあの方に相談せい。大抵はなんとかしてくださる。ああ、それと、クリスティーナが持っているドラッドノートはあまり視界に入れないようにしておけ。今は大丈夫だが、やはり竜種が見て気分の良い物ではなかろうからな」

レニーアはかつて古神竜ドラゴンを殺した曰《いわ》く付きの剣について忠告したが、店員は首を傾げる。

「？？？　はい？」

「ふん、気付いていないのならそのままの方が良いか。今言った通り、悪いが、私達は今のところ、竜種の素材に用は――」

「おれはあるぞ？」

用はないとレニーアが言い切る前に、マノスが口を挟んできた。

両手に竜種の鱗を山と抱えて眼鏡の奥の瞳をキラキラと輝かせているマノスに呆れて、レニーアはこれでもかというほど口を曲げた。

「ええい、お前は好きなだけ見ておれ。よく財布と相談するのだな」

わお、珍しい、とファティマが胸の中で呟き、イリナもこの貴重なレニーアの表情を記憶に焼きつけて、生涯忘れないと密かに誓った。

「それよりも今日、ヴァジェをはじめ、風竜と雷竜が一体ずつここを訪れているはずだが、居場所を知っているか？」

「ええ、ヴァジェに連れられて、ウィンシャンテとクラウボルトが食べ歩きをするのだと言っておられましたよ」

「食べ歩き……食べ歩きか。あの深紅竜め。すっかり人間の社会に舌が溺《おぼ》れて、胃袋を掴まれておるわ」

「そうですねえ。ところでレニーアさん、ヴァジェ達に一体何のご用事が？」

「うむ。あいつらに私達の特訓の相手をやらせようかとな！」

不敵な笑みを浮かべるレニーアの発言を耳にしたクシュリとアズナルは〝え……〟と、一言漏らして固まり、女竜の店員も精神が驚きの大波に襲われた様子だ。

一方、ネルネシアとマノスは喜々として瞳を輝かせている。

シエラやネルネシア達は、昨年のドランやフェニア達の特訓風景を知っているから、竜種を相手に特訓するという考えが突拍子もない事だとは思わなかった。彼女達は既にその辺りの感覚が麻痺《まひ》している。

レニーアは自慢げに腕を組んでおり、後輩達がきょとんとしているのには気付いていない。いや、気付いているが問題視していないのかもしれない。

「去年、私達の特訓相手を務めてくださった方々に比べれば雲泥《うんでい》の差《さ》だが、こちらの面子も質の低下という意味では同じよ。ならばヴァジェらに相手を願うのが分相応というもの」

普通、三体の竜種を相手にすると知っている者ならば決して口にしないだろう、強気で命知らずな発言に、店員が少し顔を青くして慌てて問《と》い質《ただ》す。

「それは……ご自分が何を言っているのか、理解しておられるのですか？　ウィンシャンテは穏やかな気質の風竜ですが、ヴァジェなどはかなり短気な性格をしていますし、何より竜種としての自分に強い誇りを抱いています。もし目の前でそんな事を言ってしまえば、何をされるか分かったものではありませんよ？　ああ、いえ、でも貴女ならば……私達は邪険には扱えませんね」

同じ竜種を相手に傲慢極まりない発言をしたレニーアに対し、怒りよりも身を案じる言葉が先に出てくるのだから、女店員は相当に温厚な性格の持ち主なのだろう。

それでも、ある程度ぼかして伝えられていたレニーアの素性を思い出し、自分の考えを改めたようだ。

他の皆が首を傾げるか不思議そうな顔をするのを無視して、レニーアは話を続ける。

「去年、私達の特訓にお付き合いくださった方々の中には、水龍皇龍吉当人や、それに近しい者もいたからな。ヴァジェ達はそれより強いと言える面子ではなかろう？」

実際には水龍皇龍吉とその実娘瑠禹、さらには始原の七竜までもが参加するという空前絶後の特訓が行われていたが、魔法学院組の中でそれを知るのはレニーアのみである。

その為、彼女はあえて龍吉の名前を出したようだ。

もちろん、地上最強の一角を担う龍吉の名前だけでもクシュリ達の気を引き締め、女店員の考えを改めさせるのには充分だった。

「確かに、その方々ならば、ウィンシャンテ達の方こそ比較される事すらとんでもないと顔を青くするでしょう」

「そういう事だ。話している間にヴァジェ達が食べ歩きしている地点も探れたし、後は話を通すだけだ。あやつがいれば手っ取り早い」

「貴女に望まれたなら、首を横に振るのはとても難しいでしょうね」

「ふむ、私自身の功績ではないがな。さて、そういうわけだからクシュリ、アズナル、マノス、呑《のん》気《き》に食べ歩きなんぞしておる竜達をとっ捕まえに行くぞ。それと女、お前とこの店の名前を教えてもらおう。後で贔屓《ひいき》にする故な」

「それは光栄です。私は水竜アオスイ。そしてこの『モレス山脈竜種連盟店』の店主を務めております」

はにかみながらそう告げるアオスイは、まだまだ商売気のない顔で微笑んだのだった。

なんとも遊び心のない名前の店の店主と縁を結んだ後、ガロア魔法学院一同はレニーアを先頭に、お腹の虫を刺激する匂いの漂う方向を目指してずんずんと進んでいった。

そんな中、クシュリとアズナルは頬や額《ひたい》に冷や汗を垂らしながらレニーアに翻意《ほんい》を促《うなが》す。

「ねえねえねえ、レニーア先輩、無理ですってば！　どうして竜種を相手に特訓とか考えつくんすか⁉　しかも知恵ある竜の成体つったら、人類の限界突破しちゃった一部の英雄か、熟練の魔法使いと神官達の支援付きの重装備の軍隊が必要な相手ですよ！　アークレスト王国でも、アークウィッチのメルルさんとか、近衛騎士団の団長さんとか、魔法師団の師団長とか、そういう一部の中の一部じゃねえと戦えませんってば」

「クシュリさんの言う通りですよ、レニーアさん。ドランさんのところのメイドさん達だって、ぼくらにとっては格上の特訓相手です。彼女達だけで充分に強化合宿の成果を見込めます。それなのに竜種を相手にそんな提案するなんて。竜種が人類種に対して穏和な対応をする傾向にあると知られてはいますが、流石に相手の矜持《きょうじ》を刺激するような提案はいかがなものかと……」

「ファティマ先輩、イリナ先輩、シエラさんも！　黙っていないでレニーア先輩を止めてくださいよ⁉」

流石にまだ死にたくないと必死なクシュリが、ファティマ達に協力を呼び掛ける。

ただし、一人爛々《らんらん》と目を輝かせているネルネシアの名前は口にしなかった。この様子では、レニーアに率先して賛同する言葉しか出てこないのは明白だ。

おれの先輩って、なんでこうも癖が強ぇえんだよ——と、彼が心の中で絶叫したのは当然だろう。

「で、でも、ヴァジェさんは去年も特訓の相手をしてくださっていますし、フェニア先輩を大変気に入っておられましたから、今年も快諾してくださると思うよ？」

クシュリの言葉に一番に反応したのは、レニーアの保護者として自他共に認知されているイリナだった。

後輩のクシュリ達に対してもどこかおどおどしているが、それでも去年よりは生来の気の弱さが前向きに修正されていて、時折肝の太さが垣間見《かいまみ》られるようになっている。

レニーアの無茶な行動に付き合ってきた影響だろう。

「そ、そうですか。いえ、確かにそうかもしれませんが、これまで人間と全く接触のなかった竜種が二体いるわけですし、そのヴァジェさんが仲介してくださっても、そうそう話が上手く運ぶかどうか。それに、場合によってはクリスティーナ様やこのベルン領にご迷惑をおかけしてしまうのではないかと、ぼくは思うのです」

アズナルが示したもっともな懸念に、イリナが唸《うな》る。

「う～ん、確かにせっかく仲良くなれた竜種の人達と揉め事を起こしてしまったら、ドランさん達に申し訳ないけれど、レニーアちゃんはどう考えているの？」

「ふむ。ドランさんがいる以上、本来であれば竜種の手を借りるまでもなく、この地の繁栄は約束されたものだ。それでもドランさん達にとって、動かせる手は多いに越した事はあるまい。竜種ならば他国や他の領地からの要らぬちょっかいをけん制するのに、ちょうど良いからな。となれば、ベルンとモレス山脈の竜種達の間に、不要な軋轢を招くわけにならん。私とて、無闇《むやみ》に竜種に喧嘩《けんか》を売ったりはせん。おとう――ドランさんにご迷惑をおかけする事は私の本意ではないのだから、言葉くらいは選ぶ。ヴァジェだけでもまあ構わんし、場合によっては龍宮城まで足を運んだってもいい。まあ、そう心配するな！」

とはいうものの、これまでのレニーアの言動を浅くしか知らないクシュリとアズナルからすれば、まるで信用の置けない言葉だった。

しかも龍宮国の中心地である龍宮城に向かうとまで発言している。

龍宮城の位置は地上のどの国家も把握していないので、いくらレニーアでも知っているはずはない。しかし同時に、彼女ならばあるいは……とも思えてしまい、クシュリ達は不安で堪らなくなる。

ネルネシア達からしてもレニーアの交渉能力は怪しいものだったが、ヴァジェがいれば良い取っ掛かりになってくれるはずだという、深紅竜への強い信頼が胸の内にあった。

それに、ことドランに関しては慎重かつ繊細な対応を心掛ける――必ず成功するとは限らない――レニーアであるから、進んで失策は犯さないだろう。

そう、自ら進んでは。

そんなやり取りをしながら、レニーア達一行は飲食関係の店が目立つ区画まで歩を進めた。

そこには、実に活気に満ちた、これからもこの熱量と賑わいが、生命の躍動《やくどう》が続くのだと、足を踏み入れたものに確信させる光景が広がっている。

柑橘類《かんきつるい》の汁を搾《しぼ》った茸の串焼きや、冷やした果物を串に刺した物、甘辛く味付けした肉を薄く焼いた小麦粉の生地《きじ》で巻いた物など、立ち並ぶ店舗で売られている物は実に様々。

通りのあちこちに設置された長椅子やテーブルを多くの人々が利用し、そこかしこで注文に応じる店員達の声が聞こえてくる。

そんな中、レニーアは一度だけ左右を見回して、ざわざわとした人の賑わいが一段と大きな場所で視線を止めた。

この喧騒《けんそう》の中に紛れた捜し人を、彼女の瞳は見逃さなかった。

アークレスト王国各地で絶賛流行中の〝ハンバーガー〟を紙袋いっぱいに買い込み、次々と口に放り込むヴァジェの姿を。

円形に成形して焼いた挽肉、トマトの輪切りや葉野菜を厚めのパンで挟んだこの食べ物は、昨年

の競魔祭でドランが対峙した異世界から来訪した少年——ハルトが発案したものだ。

ヴァジェの傍には二人の青年の姿がある。

一人は薄緑色の癖の強い髪の毛で、いささか威圧感の強すぎる目つきをした見事な体躯の青年で、胸元が大胆に開いたシャツとバルーンパンツを纏っている。

もう一人は、細身で長身かつ灰色の髪を無造作《むぞうさ》に伸ばしていて、野性味の中に知性を感じさせる風貌。藍色《あいいろ》のジャケットと同色の長ズボンを身につけている。

両名ともヴァジェ同様に背中から翼が、そして腰からは尻尾が伸びたドラゴニアンの格好で、大量のハンバーガーやホットドッグ、タコスなどを抱えている。

どれもハルト発案の異世界料理をこちらの食材で再現したものだが、ヴァジェ達若い竜種の口に合ったようで、一人当たり数十人分以上は胃《い》の腑《ふ》に収めているだろう。

三人とも稀にしか目撃例のないドラゴニアンに変化している上に、いずれも美男美女の美形であるのと、その飽くなき食欲によって、周囲の注目を集めている。

いよいよヴァジェ達の実物を見つけてしまった事で、クシュリとアズナルは覚悟を決めたらしく、神妙な顔つきになった。

頬がパンパンに膨れるまでハンバーガーを口の中に詰め込んでいるヴァジェに、レニーアがこれまでと変わらぬ速度で歩み寄る。

ただしその瞳にはヴァジェに対する侮蔑がちょっぴり含まれていた。
レニーアの目には、ドランの近くにありながら、かくも怠惰《たいだ》な姿を晒す愚か者と映ってしまったのだろう。

「おい、ヴァジェ！」

深紅竜の成体相手にいきなりこの態度なものだから、クシュリとアズナルの口から〝ひえ〟と、いささか情けない声が漏れてしまったのも、無理はない。

名前を呼ばれたヴァジェはレニーアの姿を見てぎょっと目を見開いたが、その後ろにファティマの姿を認めて、嬉しそうに目を細める。

既にレニーアの素性を聞いていたはずなのに、それでもなおこの反応とは、レニーアの人望のなさと、反対にファティマの人徳の高さが窺えるというものだ。

「んぐ、レニーアか？　それにファティマにネル、それとイリナとシエラだな。そっちの三人は知らん顔だ」

レニーアは古神竜ドラゴンが自分の娘と認める相手だったが、同時に大邪神カラヴィスの娘でもある。しかし、ドランとレニーア自身からこれまでと態度を変える必要はないと、何度となく伝えられたお蔭で、ヴァジェの態度は過剰な敬意を抑えたものになっている。

これには、水龍皇の娘である瑠禹や古神竜ドラゴンの転生者ドランとの間で重ねてきた、苦々《にがにが》しい経験が活かされているからに他ならない。

「三泊四日の予定でちとこちらにな。しかし食べ歩き道楽とは、良い趣味を見つけたものだな」

「いや、まあ、そのだなあ……山での食生活は単調になりがちなのだ。それに引き換え、人間の街では日々、より美味《うま》いものを、より求められる料理を、と研鑽を積み重ねているだろう？　だから、食事情において一部の例外を除けば、こちらで済ませる方が美味しいし、飽きが来ないのだ」

「自分で料理をすればよかろうに。人間などよりも遥かに長命な分、研鑽を積む期間を文字通り桁違いに長く取れるのだから。いつだったか、料理にハマった竜種の腕前が途轍《とてつ》もない事になっているると、耳にした覚えがあるが？」

ここでヴァジェがぶすっとケチャップに汚れた口を曲げた。完全に機嫌を損ねた子供の仕草である。

「私は料理が出来ん。簡単な味付けと切るだの焼くだのは出来るが、作る方には情熱を燃やす性質《たち》ではないのだ。別に脅《おど》して料理を出させているのではない。きちんと対価を払った上での正当な取引で購入しているんだから、問題はなかろう」

「あの堅苦しい名前の店で、自分の鱗なりを売り払ったお金か？」

「そうだ。あの堅苦しくて遊び心のない名前の店だ。確かに理解しやすいが、客を選んでいるのに分かりやすさを重視した名前を付けるのは、矛盾しているのではないかと思う店だな」

ヴァジェの率直な感想に、その背後で聞き耳を立てていた二体が顔を見合わせて苦笑した。どうやらこの二体も、アオスイの店の名前に関しては同意見のようだ。

「ふむん、若いお前達がその反応なら、年長者組が店の名前を決めたか。頭が固いというか、洒落《しゃれ》っ気がないというか」

「ここら辺では竜種以外の種族との本格的な交流が初めてだから、変に誤解されないように分かりやすい名前をと気を遣ったのだ。そう悪く言ってくれるな」

「それもそうか。店の名前に私が口出しする資格はないからな。さて、余計な話が長くなったが、わざわざお前達を捜していたのは、挨拶をする為だけではない」

「私だけならばともかく、私〝達〟に用事か。ならば挨拶だけでは済むまいな」

「実はな……」

レニーアは実に不敵な……いや、頼もしい笑みを浮かべて、特訓の相手をしてくれと切り出した。

クシュリとアズナルが膝から崩れ落ちているが、彼らが全身で放っている絶望の気配とまとめてレニーアに無視された。

一方、ヴァジェの背後で次々に新しい食べ物を取りだしては胃袋に収めている若い竜達は、眼前の人間の少女の肉体と魂に宿る尋常ならざる魔力量に目を離せずにいる。

それでも手と口は休みなく動いているのだから、竜種は食いしん坊なのだと誰かに勘違いされても仕方がないだろう。

「去年、水龍皇やその娘御《むすめご》らと私達とで、競魔祭に向けて特訓をしたであろう？　今年もそれに似たような事をしようと思っているのだ。残念ながら、今年はドランさんをはじめ、フェニア、クリスティーナが面子から抜けている為、戦力強化が急務なのだ」

昨年の競魔祭向けの特訓は、ヴァジェにとってこれまで軽口を叩いていた相手の途方もない素性を知るきっかけであり、これからの人生ならぬ竜生を激変させた出来事でもある。

瑠禹が次期水龍皇である事や、ドランが古神竜ドラゴンであった事、さらには始原の七竜達が次々と降臨して拝謁《はいえつ》した際の記憶を思い出し、ヴァジェは胃が小さく痛むのを感じた。

始原の七竜達と行動を共にするのは、地上の竜種にとって何物にも勝る至上の栄誉である。だからといって、彼らの傍にいて心が安らかでいられるかというと、話は別だ。

「戦力強化か。ネルネシア以外の三人は新顔のようだが……まあ、人間種としてはそこそこ腕が立つ方だな。しかし、去年、私が相手をした面子とは比べられんな」

ドランは当然例外としても、超人種のクリスティーナや、フェニックスの因子と魔力変換の性質を有するフェニアも、ヴァジェの知る人間種の中では最上位の猛者《もさ》だ。

その二人と比較しては、マノスやクシュリ、アズナルは劣ると評価せざるを得ない。

それにしたって言い方があるだろうが、そういった遠慮や機微《きび》をヴァジェに期待するのは無駄である。

「そういう事だ。他の学院も有力な最上級生達は卒業しているだろうが、それに胡坐《あぐら》をかいて本番に臨む愚行をしでかすわけにはいかん。なので、今年もお前とその背後の二体を含んだモレス山脈の竜種達に、特訓相手を頼みたい」

——ついに言ってしまった。

この場で吐血と共に大声で叫び出さなかっただけ、クシュリとアズナルを褒めてあげるべきだろう。

ネルネシアとマノスはこの二人とは正反対の反応で、欲しくてたまらない玩具《おもちゃ》を前にした子供のように、その瞳をキラキラと輝かせていた。

マノスはかつてドランと対峙した時のように、真性の竜種との戦いによって新たな発想や感動を得る事への期待と欲求を膨らませている。

ネルネシアの方は、実家で両親と共にヴァジェと戦った時の事を思い出していて、その飢えた獣のような闘争心が上げる唸り声が、今にも聞こえてきそうだ。

ドランも苦笑を禁じ得ないであろう両者の度し難い情熱と闘争心の発露だが、レニーアは〝ふふん、こうでなくは〟と、内心では二人の評価を上方修正していた。

「ふーむ、力を加減しなければならないのは面倒だが、ドランの望みにも叶うだろうから、構わない。おい、ウィンシャンテ、クラウボルト、お前達の考えはどうだ？　ああ、人間などが舐《な》めた口を——などとは口にするなよ。あまりにありきたりすぎて、同じ竜種として恥ずかしくなる」

　ドランとレニーアの正体を知り、ファティマ達と深い親交を持つヴァジェならではの反応だった。

　さて、残る二体の竜種はといえば……妙な事を言う人間だ、という顔こそしていたが、ヴァジェが危惧したような言葉を発するつもりはなさそうだ。

　先に口を開いたのはウィンシャンテだった。空になった紙袋を屑箱《くずばこ》に捨てて、改めてレニーアとその後ろに並ぶネルネシア達を見る。

「あのクリスティーナという女人《にょにん》との約定には含まれぬだろうが、実際に人間がどの程度出来るかどうか、確かめてみる価値はあると思う。しかしこの者らはこのベルンの人間ではないのだろう？　そこがいささか気にはなる」

　いずれ魔王軍との戦いでベルン領の軍勢と共闘するのであれば、ベルン側の戦力を把握しておきたいというウィンシャンテの考えは当然のものだ。

　その目的からすると、ベルンの人間ではないレニーアと手合せしても仕方がないというのももっともではある。

「ウィンシャンテ、その点なら気にしなくてよい。ベルンで戦が生じれば、そのレニーアという人間は、真っ先に戦列に加わろうとするはずだ。余程の事がなければ魔族や偽竜共と戦うだろうから、実力の一端でも知っておいて損はないぞ」

ヴァジェのとりなす言葉を聞き、ウィンシャンテは一考の価値ありと認めたようだ。

また、以前からベルン側に対して好意的な態度を示していたクラウボルトも、前向きに考えている様子であった。

「おれは構わない。こうしてベルンの地で買い食いをして回るのもよいが、互いの力を知るのも悪くはあるまい。ベルンの正規軍ではなく、他所の土地の者の力を先に知る事になるとは、いささか予想外ではあったがな」

彼は闘志や好奇心で瞳を爛々と輝かせているネルネシアとマノスを見てから、レニーアへと視線を戻す。

ヴァジェが一目置いているこの少女は何者なのかと、少なくない興味を抱いているようだ。

「しかし、そうなると領主殿にこの件を話しておいた方がよいのではないか？　万が一、おれ達竜種が人間の子らを傷つけてしまったとあっては、せっかくの協力関係に大きな亀裂が入るだろう。ましてや事情を伝えず勝手にやってしまったとなれば、目も当てられん」

クラウボルトのもっともな発言に、レニーアが自信満々に頷き返した。

彼女とてこうした事情には考えが及んでいる。

「無論、今夜にでもドランさん達に話は通しておく。許可をいただいた後、具体的な日取りをお前達に伝えるとしよう。昨年ほどの規模にはなるまいが、それでも私達が特訓するとなれば、相応の広さの場所と堅固《けんご》な結界が必要になる。領主の許可なしでおいそれとは出来ぬからな」

周辺に被害を及ばないようする為には、ドランが製作したバリアゴーレムやら特許申請を出した即席結界符を利用するのが手っ取り早い。

それに、レニーア達の特訓となれば、当然相当に派手なものになる。

これを人目につかないように隠蔽《いんぺい》するか、逆に衆目《しゅうもく》に晒して味方についた竜種の力を知らしめる機会にするかも、ドラン達の判断に委ねなければなるまい。

もちろん、ヴァジェ達本人が了承すればの話だが。

「流石に私も龍吉様の代わりが務まるなどとは血迷っても口に出来ん。私達はよくここら辺で買い食いをしているから、決まったらまた声をかけるといい。ああ、それか随分と前にファティマに私と繋がるように念話を教えておいたからな。ファティマが声をかけてくれても構わない」

「話が早くて助かるが、ヴァジェ……お前達は食ってばかりなのか？」

呆れを隠さないレニーアの言葉に、ヴァジェは羞恥《しゅうち》で顔を赤くしながら大声で反論した。その様子では半分以上は図星だったようだ。

「ただ食べているだけではないぞ！　モレス山脈に棲息しているワームやドレイク達を纏める作業と、他の同胞達への声かけもきちんとやっている」

他の竜はそうかもしれないが、さて、お前はどうなのか？　とレニーアは心の中で思ったが、せめてもの慈悲として、それを口にはしなかった。

その後、ファティマがヴァジェとの親交を温め直す傍ら、しばらく買い食いに付き合い、レニーア達はクリスティーナの屋敷へと戻ったのだった。

†

手合わせの件についてはレニーアからクリスティーナとドランに報告した結果、クシュリとアズナルに無理をさせないように、と釘こそ刺されたが、許可が下りた。

ドランからは無償でバリアゴーレム数台と、結界発生器に認識阻害並びに人避け、光学迷彩の機能を持つ魔法具、そしてジャッジメントリングが貸し出された。

準備が整うにつれて、クシュリとアズナルの纏う暗雲の濃度も増している。

生命の安全が保障されているとはいえ、自ら望んで成体の竜種と戦おうとするほど、彼らは命知らずでもなければ酔狂《すいきょう》でもなかった。

とはいえ、暴君レニーアに逆らうなど、天地をひっくり返すのにも等しい難事であり、つまるところ、他に選択肢はなかったのである。

ただ、それでも彼らに全く役得がなかったかというと、そうでもない。

まず、レニーアのお眼鏡に叶ったお陰で、卒業後の進路にブラスターブラスト家への就職という道が一つ確保された事。

さらに、ネルネシアも同意を示したので、アピエニア家への就職という二つ目の道も確保されている。

また、競魔祭出場によって、この二つの家以外にも就職の展望が開ける可能性が大きく増していた。

そして彼らくらいの年頃の少年ならば誰しも、同年代の美少女達と近い距離でそれなりに長い時間を過ごす機会があるのは、嬉しいものだ。

今回の強化合宿は競魔祭二連覇を狙ってのものだが、同時に、本来魔法学院で受講するはずだった授業の教師達から課題を出されている。

学生の本分たる勉学を疎《おろそ》かにしてはならないというわけだ。

その為、寝泊まりする部屋とは別に新たに広い一室を借りて、レニーア達は全員でそれぞれの課題を進める勉強会を開いていた。

ただしマノスだけは事前に課題を終わらせており、ドランやリネットの所に突撃し、領内のゴーレム生産現場の見学に出掛けている。

彼は堅固なる職人魂の持主であるが、それ故にいささか協調性に欠けるのもまた事実だ。

もっとも、レニーア達はどうせそうなるだろうと予想していたので、大して気にも留めていなかった。

勉強会の様子はというと、部屋の中央に置かれた大きな長テーブルに全員が着席し、クシュリとアズナルを女性陣が囲んでいる。

テーブルの上には各教科書や魔法素材、簡単な魔法実験の為の器具などが置かれ、少し離れたところには休憩用のお茶とお茶菓子を載せたワゴンもある。

クリスティーナとドランの後輩に対する気遣いは、充分どころか至れり尽くせりであった。

「クシュリ君～、ここはねえ、地属性の精霊に呼び掛ける術式も大事だけれど、呼び掛けに応えてくれた精霊の力を巡らせる術式にも気をつけないとぉ。効率が大きく落ちちゃうから、一箇所だけじゃなくて前後の流れを意識してね」

「君の場合、肉体と霊魂に宿る昆虫の因子を顕在化させるのが最も実用的なわけだが、相手が行使しようとしている魔法を術式の段階で看破し、対応策を練るのも実戦では重要だ。自分の使う魔法ばかりに気を取られていては、いざという時に想定外の事態への対処が難しくなる」

教科書とノートとにらめっこをしているクシュリは、左右をファティマとシエラに挟まれた状態で、二人から勉強を教わっていた。

「は、はい。肝《きも》に銘《めい》じておきます。ウッス」

机に齧りつくにはいささか不向きな性格のクシュリではあるが、自分と家族の将来が懸かっている事もあって、勉強に挑む姿勢は非常に真面目なものだ。

……いや、真面目だった、と訂正しなければならない。

クシュリとアズナルは今、呼吸をするのも苦しいほど心臓を高鳴らせていた。

ここが魔法学院でない以上、制服を着用する必要はない。その為、彼らは今、私服に袖を通している。

元々この場にいる女性陣は全員が平均を大きく上回る美人揃いだったが、それがいつもと違う服装になると、若い男子生徒達の目には余計に魅力的に映るものだ。

亜人種として種族が異なる以上、美醜の基準は大なり小なり異なるとはいえども、後輩二人が挙動不審に陥るには十二分なくらいに、室内の女性陣の魅力は高い水準にあった。

そもそも見慣れた魔法学院の制服姿のレニーアやネルネシア達に対しても、傍に近づかれるとドギマギしてしまうほど、クシュリ達は美少女に対する免疫《めんえき》がなかった。

そこに加えて普段と異なる衣服、さらにはいつもよりも緩やかな雰囲気で物理的にも距離が近いとあっては、彼らが集中力を乱すのも無理はない。

正直、クシュリは勉強の内容がほとんど頭に入ってきていなかった。

服装一つでこうも印象が変わるのかとか、なんだか良い匂いがして、空気も甘酸っぱいような……と、勉強以外の事で頭の中がいっぱいだ。

せめてマノスがいればと思うが、あの行きすぎたゴーレム好きは、この場にいても平常運転で、二人に共感はしなかったろう。

このような具合に、クシュリは緊張やら羞恥やらでいっぱいいっぱいだった。

当然、アズナルもそう変わらぬ状態だ。

ネルネシアは一人で黙々と自分の課題に取り組んでいる為、アズナルの右側にレニーア、左がイリナという並びだ。

そのレニーアは艶《つや》やかな黒髪を細やかなレースリボンでまとめており、普段は黒髪に守られて見える事のない白いうなじが露わになっている。

所謂《いわゆる》ポニーテール姿にアズナルの視線は自然と吸い寄せられて、まるで見えない糸で結びつけられたかのように視線を離せずにいた。

「おい、おい！　青猫、貴様、私の話を聞いているのか！」

アズナルは何度か呼び掛けられているのにも気付かず、ついにはレニーアを怒らせる事態にまで陥っていた。

このやり取りを間近で見ていたイリナは、アズナルの熱視線に気付いていないレニーアに対して、くすくすと忍び笑いを漏らしていた。

「あ、いえ、その、ごめんなさい」

注意されてしゅんと萎《しお》れるアズナルは子猫のように愛らしかったが、そんな姿もレニーアにはまるで通用しない。

そもそも彼女に小動物を見て可愛いと思う感性があるかどうか、疑わしいものだ。

「まったく、この強化合宿に付き合わせた詫びとして勉強を見てやっているというのに、肝心のお前が心ここにあらずでは意味がない」

どうやらレニーアにも、自分がクシュリとアズナルを巻き込んだという程度の認識と、ささやかな——それこそ小鳥の餌ほどの負い目はあったらしい。

「将来、お前がどのように魔法と関わる職に就くのか、あるいは全く関係のない職に就くのか、それは自由だ。私がああしろ、こうしろと口を挟む権利はない。だがな、ガロア魔法学院卒業生と競魔祭優勝選手という箔《はく》は役に立つし、お前とてそれに価値を見出したから、選抜試験を受けたはずであろう。ならば勉学に励め。疎かにするべきではない。お前が自分と身内の将来をより明るいものにしたいと考えているのならな。それなのにお前という奴は、ポカンとだらしなく口を開いて
……!」

「まあまあ、レニーアちゃん、そこまで怒らなくても、アズナル君ならもう分かっているよ。

ちょっと慣れない環境で戸惑《とまど》っちゃっただけだよね、ね？」

意外とまともな事を口にするレニーアをイリナが宥《なだ》めると、アズナルははっとした顔になってから真摯に頭を下げた。

かねてから可憐で愛らしいと思っていたレニーアの普段とは違う姿に心を射抜かれ直したとはいえ、勉学を疎かにするような姿を晒したら、咎《とが》められて当然である。

アズナルにとっては痛恨の極みだった。

「えっと、はい、イリナさんの言う通りです。こうして皆で集まって勉強するという機会が、ぼくにはあまりなかったので」

「ふうん？　お前に限らず、虎や獅子《しし》など猫系の獣人はそれなりに魔法学院にいたと思うが、いや、種族が近いからといって、必ずつるまなければならんわけでもないか。……いいか、アズナル、今度はきちんと話を聞けよ。お前はガロア魔法学院の代表として、競魔祭に出場するに値すると私が判断したのだ。そのお前が勉学の出来ぬ生徒とあっては、ガロア魔法学院の名前に泥を塗るし、お前に下らぬやっかみを抱く者共にも付け入る隙を与える事になる。いつでも気を張っていろとは言わぬ。しかし、気を緩める時とそうでない時を間違えるな。そして今は気を張って勉学に勤しむべき時だ」

凛と表情を引き締めて厳《おごそ》かに告げるポニーテール姿のレニーアに再び見惚《みと》れたアズナルが、再度怒鳴られてしまったのは、言うまでもない。

アズナルはレニーアの機嫌を直す為に必死に勉強に挑む事になったが、それは彼の自業自得である。

この後、クリスティーナ達と同じ食卓を囲んでの夕食、夜半の勉強会、入浴、自由時間そして就寝となり、強化合宿一日目は無事に終わりを迎えるのだった。

第四章――悲壮なるヴァジェ

クシュリとアズナルが恐れていたモレス山脈の竜種達との手合わせは、二日目から早速行われる運びとなった。

強化合宿に参加した面子に加え、監督役としてドランが同伴している。

場所はベルン村の防壁の外側に開く予定の演習場用の土地だ。

ムンドゥス・カーヌスの軍勢との戦闘を視野に入れて、外部から大砲や大量の火薬を買い付けている為、それらの試射用にと確保した場所である。

一般住民は寄りつかないし、あるのは幾許《いくばく》かの緑を散らした荒地のみ。

クシュリとアズナルの暗澹《あんたん》たる気持ちとは裏腹に、空は青く晴れ渡り、防壁の向こうに見えるベルン村の賑わいを風が運んでくる。

各々競魔祭本戦を想定した装備に身を固めているが、特別な鎧《よろい》などは身につけておらず、魔法学院の夏用の制服姿だ。

そもそもこの制服は並の金属鎧や魔法の防具よりも強固な作りをしているし、一部の者は制服よりも優れた性能の装備を用意出来なかったからという理由もある。

ネルネシアは制服に己の魔力を通わせ続け、馴染ませる事で防御性能を向上させており、さらに非常用の魔力貯蔵庫、魔法行使を補助する機能まで持たせている。

一方、レニーアの場合はこの世のあらゆる防具よりも自身の思念による防御が勝るので、わざわざ着替える必要がなかったのだ。

演習場の四隅にはバリアゴーレムと結界符、さらにドランが追加で持ってきた、台座の形をした結界発生装置が設置されて、周囲への被害を防ぐ備えは万全だ。

事ここに至れば、クシュリとアズナルも腹を括《くく》り、朝方にはまだ青ざめていた顔色も、今は常の色を取り戻していた。

彼らは自分達の力がどれだけ竜種に通じるかと必死に己を奮《ふる》い立《た》たせている。

その様子を眺めていたドランが、つい本音を零す。

「私達の後輩は随分と気苦労が多いようだな」

愛用の長剣を腰に提《さ》げ、領主の補佐官という役職に見合う衣服に身を包んだドランに、レニーアが話しかける。

「天地がひっくり返っても敵わない相手と手合わせをするという事で、無謀《むぼう》だ無茶だと何度も言い募ってきたのですが、流石にいざとなれば腹を括らざるを得んでしょう。まったく、実戦ではこちらが覚悟を固める時間を相手が待ってくれるわけもないというのに、あやつらは尻が青すぎます」

「それでもレニーアとしては最低限の基準は満たしているのだろう？　あまり厳しくしすぎては、せっかくの芽を摘んでしまう結果になりかねないよ」

「私なりに加減するべきところを見定めてはいますが、あまりに度が過ぎれば、ネルネシアやファティマが私を制止してくれるだろうと甘えております」

「甘える、か。そこは頼っていると言い換えてもよいのではないかな？」

「どうでしょう。私としてはどちらも変わりませんが」

「親としては娘に頼れる相手がいる事は喜ばしいよ」

ドランの親目線からの発言に、レニーアは照れ臭いのか、ほんのりと頬を赤くして俯《うつむ》いた。

クシュリ達がいる手前、大っぴらに娘として甘える事は出来ないものの、さりげなくドランが気を遣ってくれるこの状況は、レニーアとしては満更《まんざら》でもない。

ファティマやネルネシアなども話をしながら待っていたが、今回の特訓相手が来るのにさほど時間はかからなかった。

せいぜい二十分ほどであろうか、ヴァジェ達がこちらへと飛来してくる姿が遠目にも見えはじめていた。

模擬戦の内容が周囲に知れ渡るのは防ぎたいが、竜種との交流がある事は宣伝したい、というベルン側の意向により、皆竜の姿のままだ。

どうやらヴァジェ達以外の竜にも今回の話は伝わっていたようで、先日の条約締結の時に見た者もいれば、そうでない者もいる。

モレス山脈の他の竜達にも声をかけているというヴァジェの話は本当だった。

思いの外、多く集まったモレス山脈の竜達を見て、ドランが呟く。

「ふむ、レニーアなら偽竜を相手にする予行演習になるかもしれないが……う〜ん、彼女の方の格が高すぎて参考にならんか？　強すぎるというのも不便なものだ。さて、ファティマ、イリナ、シエラ、私達観戦組はそろそろここから離れよう。テーブルと椅子を用意してある。そちらでじっくりと観戦させてもらうとしよう」

†

その日、クリスティーナと彼女の秘書官を務めるドラミナは、ベルンに招いている学者達の研究成果の見学を行なっていた。

豊富な資金力と多種多様な研究素材、急かす事なく好きに研究させてくれる資金提供者と、ベルンには学者達にとってはこの上ない環境が整えられている。

時には失敗もあるが、彼らは順風満帆《じゅんぷうまんぱん》な研究の日々を過ごしていた。

マズダ博士も、そうした研究者の一人だ。

クリスティーナ達が向かったのは、ベルン村を流れる川の上流。

今日はそこでマズダ博士の開発した、マズダ製魔力蒸気機関を積んだ船の試運転が行われていた。

白髪白髭《はくはつしろひげ》で痩身《そうしん》の老人――マズダ博士は、秘書でもある娘のシャルロと共に、自ら魔力蒸気機関を搭載した外輪船に乗り込んでいる。

ベルン男爵領は海と面していないが、付近には王国南部にまで至る大河が流れているので、船舶を利用した河川貿易が検討されている。また、王国南部で海運会社を買収するなり、起業するなりした際にも、こうした最先端の船は有用だろう。

煙突からうっすらと虹色の煙を吐き出す船は、両舷に設置された外輪を回転させ、上流と下流を、あるいは両岸を往復している。

以前は二十馬力にも満たない出力だった魔力蒸気機関は順調に改良を重ねていて、河川貿易を想定した積荷を満載する外輪船を順調に動かしていた。

マズダ博士の研究は一定の成果を見せたと言えるだろう。

他の研究者達が臍《ほぞ》を噛んだり、感嘆した様子でしきりにメモを取ったりしている様子を横目に見ながら、クリスティーナは傍らのドラミナに話しかける。

「これなら正式に採用してもよさそうだな、ドラミナさん」

「ええ。とはいっても、動力はともかく、造船技術は今のベルンに不足しているものの一つです。以前から他所の人材に声かけはしていますが、もう少し時間はかかりますよ。それに、外輪船ばかりでなく、陸上機関や飛行船を運用する為の環境整備も必要ですし、そろそろ収入源を増やしておきたいところです」

「観光で立ち寄ってくれる人は多いが、正式に移住してくれる人は観光客に比べると少ないからな。他所の領主とて、領民が移住するのを黙って見ているとは思えないし。戦争の暗雲が立ち込めている今、真っ先に戦場になる可能性の高いベルンに移り住むのは、誰だって躊躇《ちゅうちょ》するだろう。ままならないものだね」

「それでも、人口はきちんと増えていますし、食料の自給も問題ありません。スペリオン殿下の口利きか、クリスティーナさんのお父君の根回しのおかげか、ガロア総督府《そうとくふ》も好意的な対応ですから明るい材料は多いですよ」

整備された交通網は、戦争時にそのまま敵対国の移動や輸送に利用される危険性を孕《はら》むとはいえ、更なる拡大発展を狙うベルン側にとっては急務であるという認識が持たれている。

今はベルン村からクラウゼ村、ガロアという交通網しかないが、今後はガロア以外への都市部や他領を直接繋ぐ街道を開く計画も検討中だ。

「こうなると、魔王軍にはいつ攻めてくるか、はっきりしてほしくなってしまうな。あちらが仕掛けてきたら、他の政策は一旦見直さなければならなくなるだろうからね。まだ動き出していない内か、終わった後に仕掛けて来てほしいものだよ。不謹慎《ふきんしん》な言い方だけれど」

「確かに、不謹慎ではありますけれど、私達の場合はいささかならず特殊な事情というか特異な面子ですから、クリスティーナさんがそうお考えになっても仕方ないでしょう。あら……レニーアさん達のお客様がおいでになったようですね」

モレス山脈の方角からヴァジェを筆頭に何体もの竜が飛来するのを、真っ先にドラミナが見つけた。

今日、レニーア達がヴァジェ達を相手に模擬戦を行う為の場所として提供した演習場に竜達が降り立つ段になって、マズダ達も竜に気付いて感嘆の声を上げている。

「レニーアが加減を間違えて、ヴァジェ達に大怪我させなければいいのだが……」

困り顔のクリスティーナを宥めるように、ドラミナが微笑む。

「レニーアさんはドランが見ている限りは大丈夫でしょう。以前は彼の前だと張り切ってやりすぎてしまう困ったところがありましたが、今では随分と落ち着かれています。ドランを落胆させないはずです」

「思いの外、ドラミナさんはレニーアを信頼しているのだな。ただ、そうだね、いい加減信頼してあげてもいい頃か。となると、ネルが楽しむあまりに我を忘れないか、クシュリとアズナルの心が折れないかを心配するべきかなあ」

「そちらの心配がありましたね。四方が丸く収まる過程と結果ならよいのですけれど……」

流石にこればかりはドラミナも自信を持てないようで、口にした言葉には随分と力がなかった。

†

バリアゴーレム達が四方に散り、即席結界装置の設置も済んだ頃、上空に飛来していた竜達もそれぞれ演習場へと降り立った。

ベルン側の責任者であるドランと二言三言交わすと、全員が竜人の姿へと変化して、一緒に観戦する流れとなった。

最初に模擬戦を行うのは、昨年竜種とさんざん特訓を重ねた経験があるレニーアが立候補し、相手はヴァジェとウィンシャンテ、クラウボルトらの三名だ。

他の者は全員結界外に退出し、この四名が内部に留まった。

初顔合わせとなる竜達も多く、ドランが挨拶回りをしている頃、レニーアと相対するヴァジェは深刻な顔でウィンシャンテとクラウボルトに心からの忠告を伝えていた。

いつもは自信に満ち、傲岸不遜の化粧をその美貌に佩《は》くヴァジェが、反論を許さぬ凍えた声で語りかけてくるのだから、若き風竜と雷竜は黙って耳を傾ける他なかった。

「いいか、ウィンシャンテ、クラウボルト。これから私達が相手をするのは、人間の姿をしているが人間とは到底言えない者だ。殺す気でかかれ。それくらいの意気込みで挑んでも結果は変わらんが、甘く見るよりはいくらか戦いらしい体裁を整えられるだろう」

他の種を格下と見ているヴァジェの口から出たとは、到底信じられない忠告である。

ウィンシャンテなどは、ヴァジェがここに来る前に腐った物でも食べたのか、と疑ったほどだ。

幸い、彼はそれを口にしなかったので、ヴァジェに顔面から炎を浴びせられる事態は避けられた。

火竜の上位種である深紅竜のヴァジェの炎は、知恵ある竜といえども通常の風竜であるウィンシャンテでは防ぎきれない代物である。命拾いとまでは行かぬが、つまらない火傷《やけど》を負わずに済んだと言える。

「いや、いくらなんでもそれは。安全対策はいくつも講じてあるが、だからといって、あのような子供相手に殺す気でかかれと言われても」

温厚なウィンシャンテは異種族の子供――外見だけだが――であるレニーアに対し、本気で攻撃を加えるのに強い抵抗感を抱き、ヴァジェに抗弁した。

しかし、ヴァジェは烈火の如き視線を送り返す。

彼女とてレニーアの正体を知る以前だったなら、あるいはレニーアの戦闘能力が龍吉と特訓しはじめた頃のままだったなら、わざわざ忠告などはしなかった。

しかし今やヴァジェはレニーアの魂が何者であるかを聞かされているし、全盛期と同等かそれ以上の領域に至っている現状の戦闘能力がどれだけのものか、知ってしまっている。

この惑星の全竜種を総動員しても、今のレニーアが相手では砂粒ほどの勝機すら見出せない。それが揺るぎない現実だ。

レニーアが相手の場合に限って、ヴァジェ達は特訓をつけてもらう側になるのだ。

おそらく、レニーアの方には、いずれモレス山脈の竜達が交戦するであろう偽竜の代わりを務めてやろうという考えもあるのではないかと、ヴァジェは推測している。

レニーアは古神竜ドラゴンの因子持ちの偽竜と言えなくもない存在であり、偽竜としては最上位の個体でもある。

そんな偽竜を相手に戦闘経験を積めば、地上で活動している偽竜など、まるで脅威ではなくなるだろう。

問題は、脅威ではなくなるが、レニーアが強すぎるせいで魔王軍に属する偽竜達との戦いの参考にはならない点と、彼女と模擬戦をした竜達の心が折れかねないという二点あった。

「ウィンシャンテ、納得のいかない気持ちは分かるが、あれは人間の中で時たま生まれる規格外の一例なのだ。去年、あれと特訓をしていた私は嫌というほど知っている。決して甘く見てよい相手ではない」

「君がそこまで言うのなら、よっぽどなのだろうが……」

ウィンシャンテは半信半疑だが、レニーアは要らぬ諍いに巻き込まれないように魂に厳重に偽装工作を施している為、事情を知らない彼が信じ切れないのも仕方がない。

一方でクラウボルトは忠告を受けたのとほぼ同時に、不敵な笑みを浮かべているレニーアへと視線を向けていたが、何か思い当たったのか、ヴァジェにこう尋ねた。

「ドラン殿はおれ達より上位の竜の生まれ変わりだったな。ならばあのレニーアという少女も、竜かあるいは竜に比肩《ひけん》する種族の生まれ変わりなのか？　それならば、君がそこまで警戒を促してくるのも納得がいく」

「ふん、クラウボルト、お前は他の奴らよりは少しは頭が回るな。あるいは他の奴らが竜種にしては性急すぎると言うべきか。まあ、詳しい事は言えんが、私がレニーアを人間と思うなと言ったのは、比喩《ひゆ》だけではないと、頭のど真ん中にしっかり置いておけ。その方がお前達の為だ」

レニーアの素性に関しては、この星の竜種の間でも、ごく限られた者のみが知る秘匿事項《ひとくじこう》であり、三竜帝三龍皇やドラン、当人の許可なしに伝える事は厳禁とされている。

その為、ヴァジェはあくまで彼女らしからぬ迂遠《うえん》な物言いで忠告するしかなかったのだが、幸いにして同世代の他の同胞も意図を汲んでくれたようだ。

「なるほどな、クラウボルトとヴァジェの言う事が本当なら、甘く見てはいかんというのがよく分かった」

ウィンシャンテの言葉を耳にして、本当に理解するのはレニーアに叩きのめされてからだろうがな——と、ヴァジェは、ともすれば心を抉られるかもしれない同胞達を憐《あわ》れんだ。

いざとなったらドランがなんとかしてくれるはずだ。

ヴァジェは半ば思考を放棄しながら、改めてレニーアと向かい合い、自分よりも遥か格上の相手へと挑むべく闘志を燃やしはじめる。

結界内部の気温が急激に上昇し、いよいよ模擬戦の幕が上がろうという間も、観戦用に用意した長椅子に腰掛けているドランとファティマ達はのんびりと会話していた。

一方、クシュリとアズナルの二人は気が気でない。

大丈夫かな、大丈夫かな、とレニーアの身を案じる言葉ばかり口にして、次は自分達の番だというのを忘れているあたり、この二人は根っからのお人好しと言える。

既にレニーアの小さな全身からは結界の外にまで届くほどの圧倒的な『圧』が迸《ほとばし》っていたが、それでも竜三体を前に立てば、否応なくその華奢さと可憐さが目を引いてしまう。

「ドラン殿、安全には配慮されているというが、本当に大丈夫なのでしょうか？　いえ、貴方の言葉を疑っているわけではないのですが……」

そのようにドランに問いかけてきたのは、条約締結時には姿を見せていなかった、薄紅色の鱗と瞳を持った年若い女性の火竜、フレイニルだ。

ドラゴニアンとしての彼女は、長い薄紅色の髪の毛先を綺麗に切り揃え、小麦色の肩が露わになる白いドレス姿だ。

気が強い傾向にある火属の竜にしては柔和な顔立ちをしており、レニーアの身をしきりに案じている事からも、優しげな風貌に違《たが》わぬ性格である事が分かる。

ドランに対して丁寧な口調と態度を取っているのは、元来の性格がそうであるというのも大きいが、気付かぬ所で古神竜たる彼に惹かれているからだろう。

フレイニル以外の竜達がごく自然とドランの周りに集まっているのも、同じ理由だ。

「不安になられるお気持ちは分かります。貴女達と同じ竜種三体を相手に人間が一人で挑むなど、通常であれば自殺以外の何物でもありません。ですが、ヴァジェとレニーアは昨年、両手足の指では足りないほど模擬戦を重ねてきました。そのヴァジェが三対一という状況に異を唱えていないのです。それだけレニーアの実力を高く評価しているとお考えください」

「それは、つまり、成体の竜三体を相手に真っ当な戦いが出来るほどの実力者であるという事ですか？」

ドランは、さてどう答えたものかと心中で首を捻りながら、当《あ》たり障《さわ》りのない言葉を選び、年若い同胞へ微笑み返した。

フレイニルに限らず、モレス山脈の竜達と接する時の彼の心境は、可愛い孫達を相手にする祖父のものとほとんど変わらない。

「ふむ、そうなりますか。さて、そろそろ始まりそうですね。レニーアの実力はこれから充分に理解出来ますとも」

限界まで膨れ上がっていた結界内部の闘志は、ドランが言い終わるのとほぼ同時に破裂し、結界外にいた者達の全身を風の如く打った。

昨年の特訓を直に肌で知っているファティマ達は相変わらず呑気なものだが、クシュリとアズナル、そして他の竜達は想像を超える圧力に目を見張り、息を呑んだ。

先んじて仕掛けたのはヴァジェである。

全身から種族の名となっている深紅の炎を噴き出し、炎の津波とでも呼ぶべき広範囲に及ぶ大規模な火炎放射を放った。

結界内部が深紅に染まり、大気は灼熱《しゃくねつ》し、大地は融解し、尋常な生物では原形を残す事も出来ない高熱の死がレニーアを襲う。

「レ、レニーア先輩！」

「レニーアさん⁉」

クシュリとアズナルの悲鳴が響く。

他の竜達も〝やりすぎだ！〟と咄嗟《とっさ》に叫んでいる。

いくらジャッジメントリングがあるといえども、これほどの火炎を浴びてはレニーアが助からない――普通ならそう考えるだろう。

「ふん！　温い、温いぞぅ、ヴァジェ‼」

クハ、と奇抜な笑い声を一つ零し、レニーアは迫りくる火炎と高熱の大気全てに〝消えろ〟と念じた。

レニーアがこれまで多用してきた念動とは似て非なる思念魔法である。

その圧倒的な霊格を前に、小さな山なら丸ごと蒸発させる大熱量の火炎は、嘘か幻であったかのように消え去り、加熱された大気すらも瞬時に元の温度に戻った。

もはや舞台上には一切の痕跡すら残っていない。

これはすなわち、レニーアの霊格は深紅竜であるヴァジェと同等かそれ以上という、この上ない証拠である。

ウィンシャンテとクラウボルトのみならず、観戦していた竜達も言葉を失う中、ヴァジェが苦々しく舌打ちする。

「ええい、やはりか。ウィンシャンテ、クラウボルト、呆《ほう》けている暇などないぞ！」

「はん、模擬戦とはいえ、敵の目の前で呆けるなど、偽竜を前にしても同じ愚を犯すつもりか？」

レニーアはにぃっと、母方にあたる大邪神にどこか似た邪悪な笑みを浮かべた。

直後、レニーアから放たれていた圧が消え去り、それと同時に彼女の魂を象《かたど》った思念の竜が出現した。

本来の姿のヴァジェ達と真っ向から殴り合える大きさの思念竜が放つ重圧は、より一層増している。

ウィンシャンテとクラウボルトが思考するよりも早く、その肉体が反応していた。

レニーアが僅かに有する偽竜としての性質に、真なる竜としての闘争本能が刺激されたのかもしれない。

「グオオオオ!!」

「キェアアアア！」

咆哮《ほうこう》と共に放たれるは、無数の真空の刃を含んだ竜巻の群れと、網目模様を描きながら大気を貫く稲妻の奔流《ほんりゅう》。

何重にも上位の防御魔法や闘気による守りを重ねてようやく防げる、強力な風と雷の攻撃に、レニーアは絹のような光沢を放つ髪を煽られながら不敵に笑んだ。

「龍吉に比べれば、所詮は洟垂《はなた》れ小僧共か」

幸いにして、レニーアの呟きは竜巻と稲妻の合唱によってかき消され、ドランの耳にしか届かなかった。

「ふはははははは、偽竜共を相手にする前に、人間がどれだけやれるのか、その身で味わうがいい！」

一応、レニーアにも自分があくまで人間としてこの場に立っているという認識はあるらしく、彼女の基準で言葉は慎重に選んでいた。

ベルンと共闘した場合に肩を並べる可能性のある人間がどれだけ戦えるかを示すのが、今回の模擬戦の目的でもあるのだ。

レニーアの哄笑《こうしょう》と同時に、ヴァジェは若干涙目になりつつ、愚痴《ぐち》を零さずにはいられなかった。

「頑張れ私、頑張れ私、負けるな、勝てないけど負けるな、心を折られるな、私！」

あまりにも痛々しい自分自身への激励に、それが聞こえていたドランは、そっと目元を押さえた。

ヴァジェは思い返していた。かつてゴルネブの海岸に押し寄せた海魔退治でレニーアと張り合ったあの日を。

顔を突き合わせる度にお互いにいがみ合い、罵詈雑言《ばりぞうごん》の嵐を吹かせて敵対心を募らせていたあの頃を。

ドランとレニーアの魂の素性を知った今となっては、よくもまあ知らなかったとはいえ、あのような態度を取れたものだと、しみじみと思う時がある。

ヴァジェとて、以前と比べて成長している。ドランに戦い方の教えを受け、アレキサンダーやバハムートらに短い期間とはいえ鍛えられた結果、同世代の竜達の中では屈指の実力者になっていた。

それでも、神造魔獣としての力を取り戻したレニーアの前では、その程度の成長など僅かな差でしかない。

ヴァジェはレニーアの思念竜の右拳に顎を打ち上げられ、空中で錐《きり》揉《も》み回転しながら、身をもって痛感していた。

初手に放った火炎でウィンシャンテとクラウボルトにレニーアの危険性を暗に伝えた後も、ヴァジェは積極的な攻勢をかけている。

レニーアの真の実力と素性を知る自分が前に出なければ、ウィンシャンテとクラウボルトが踏み込むべき一歩の見極めを誤って、大怪我を負う可能性を危惧した為である。

ヴァジェらしからぬ献身的な行為だが、流石に同胞が自分の目の前で木《こ》っ端《ぱ》微《み》塵《じん》になるかもしれないとあらば、考えるよりも先に体が動く程度には情の厚い女性なのだ。

だからこそ、こうしてレニーアの思念竜に全力の攻撃を何度も叩き込んだ。

落ち着きを取り戻したウィンシャンテとクラウボルトも、人間に対して放つには過剰な攻撃を絶え間なく続けていた。

だが圧倒的な格の違いと規格外の出力を誇るレニーアの思念によって、それらの攻撃のことごとくが無効化されてしまう。

レニーアと最も接近していた為に拳を食らい、空中に打ち上げられたヴァジェは、脳味噌を盛大に揺さぶられ、気絶した状態で頭から地面に落下した。

首が曲がってはいけない方向に曲がった体勢で落下したが、鋼鉄よりも遥かに堅牢《けんろう》な骨格を持つ深紅竜であるから、骨折の心配はない。

きゅう、と可愛らしい声を漏らして気を失ったヴァジェを、ウィンシャンテとクラウボルトが振り返る。

その瞬間、彼らの背後から背筋《せすじ》が凍えるほどに恐ろしく、おぞましい声が聞こえてきた。

可憐な少女の声である事は間違いないのに、どうして竜種であるはずの二体の心臓がキュッと音を立てて縮むほどの圧力を持っているのだろうか！

「よそ見をする余裕があるのか？　風竜と雷竜！」

直後、二体の生存本能が全力で警鐘を鳴らし、レニーアの体から立ち昇る思念竜が彼らの視界を埋め尽くした。

そうして彼らはヴァジェと全く同じ体勢で、見事に頭から地上に激突する運命を辿《たど》った。

圧倒的な戦闘能力を持つレニーアといえども、この場が、ある程度は竜種達と後輩達の双方に見せ場を作る場面であると理解している。若き竜種三体に脳震盪《のうしんとう》を起こさせたとはいえ、一撃の威力はきちんと抑えていた。

そう時を置かずして、地面の上で大の字になっていた三体は、生まれたての小鹿のように足を震わせながら立ち上がる。

レニーアは、フフン！と面白そうに鼻を鳴らし、絶対的強者の笑みでこう言い放った。

「さあさあ、まだ立ち上がれるだろう！　今、私達がやっているのは、生命の安全が保障された模擬戦にすぎん。だが、お前達とこのベルンの大地が遠からず直面するのは、生命を懸けて行われる本当の殺し合い、命の奪い合いだ。まだブレスを放つ力が残っているのなら、その牙を敵の喉笛《のどぶえ》に突き立てる力があるのなら、さっさと立ち上がれ！　この何重にも対策の施された過保護な模擬戦くらいは戦い抜いてみせろ！」

戦場に立つ鬼神か何かかと見間違う気迫を放ち、戦場における心構えを口にするレニーアに、ネルネシアとマノスは全くその通りだと言わんばかりに何度も頷いている。

ドランも、我が娘の言葉に確かにそうではあると認めながらも、竜種達相手とはいえ少々やりすぎかな？と考えていた。一応、ウィンシャンテとクラウボルトの身が危なくなれば止めに入るつもりだったが、まだしばらくは大丈夫そうだと、静観の構えのままだ。

一方、ドラゴニアン姿になって同胞達の模擬戦を見守っていたモレス山脈の竜種達の反応は、大小の差こそあれ、その方向性は同じだった。

彼らにしてみれば、自分達竜種が地上世界における最強種であるという事は客観的事実である。

もちろん、他の種族の中にも最強格の個体や、突然変異で現れる一部の個体ならば、自分達に比肩しうる者が存在する例は、知識として知っていた。

それが、まさか三対一の状況でなお竜種を圧倒するほど強力な個体が存在するとは、まったくもって予想外だったと言う他ない。

これはレニーアが――全力を出してはならないと頭では理解しつつも――結局は適切な力加減が出来ていなかったせいだった。

徐々にレニーアに熱が入りはじめ、ヴァジェが涙目になっていく様を見て、今まで静観の構えを取っていたドランの表情も、気の毒そうなものに変わっている。

それからも、竜種としての意地なのか、ヴァジェ達は何度も立ち上がってはレニーアに挑みかかり、圧倒的な実力差を埋められぬまま返り討ちに遭い続けた。

だがここで、意外にもレニーアが〝少しは考えていた〟という事が発覚する。

ヴァジェ達が不屈の闘志で挑み直すにつれて、思念竜の力が弱まり、結合も綻《ほころ》びはじめたのである。

わざと苦しげな表情を浮かべてすぐに消したレニーアを見て、ドランはピンと来た。

(ふむん、超高出力の魔力だが、燃費はそれに伴って劣悪化する。故に長期戦には不向き――という設定か。どうやら思っていた以上にレニーアは演技派だったな)

ドランは愛娘の演技に高い評価を付けた。多少は親の贔屓目が混じっているだろう。

とはいえ、レニーアは決して頭が悪いわけではない。ほとんどの場合において、頭の使い方がおかしいだけなのだ。

ヴァジェ達は精神の疲弊《ひへい》はさておき、まだまだ戦闘自体は充分に継続可能な状態だった。

レニーアは演技に合わせて思念竜の結合を甘くし、出力にムラを作ってみせる。

あからさまに苦しいのを押し隠しているというこの演技を見て、ヴァジェは〝んん?〟と巨大な疑問符を頭上に浮かべた。

一方、ウィンシャンテとクラウボルトはここが勝機と判断したのか、魔力を一気に解き放つ。竜種を圧倒する力を持つレニーアの見せた翳《かげ》りは、彼らに一発逆転の賭けに挑ませるには充分すぎる餌だった。

「これがおれの全力だああ‼」

「ウィンシャンテ、ヴァジェ、合わせるぞ!」

「お、おう？　？？？？？」

余裕など欠片もないウィンシャンテとクラウボルトに対し、ヴァジェだけがひどく温度差のある反応をしてしまったが、幸い二体の同胞には気付いた様子はない。

ヴァジェは戸惑ってこそいたものの、二体に合わせて瞬間的に魔力放出を最大値にまで引き上げ、摂氏数十万度の巨大な火球を胸の前で合わせた掌《てのひら》の間に生み出す。

レニーアは、いまだ困惑の表情を浮かべたままの察しの悪いヴァジェに対し、このスカポンタン！　と言いたいところだったが、状況を弁えればぐっと堪える他なかった。

今彼女がするべきは、〝じり貧状態に追い込まれた自分が、最後の賭けに打って出る決断をしたふり〟である。

「ははは、この期に及んで活きの良い竜種共め。いいだろう、まとめて相手にしてくれるわ！　お前達の侮る人間種がどれだけやれるものか、その目玉に焼きつけろ！」

既に消耗しきったという体裁のレニーアが、魔力を絞り出す演技と共に一際巨大な思念竜を生み出し、三体の竜種が放った攻撃を正面から受け止める!!

思念竜は真正面からの竜巻や稲妻、大火球を両手で握り潰す動きを見せた。

「グルウゥアアア!!」

若き風竜と雷竜が渾身の力と共に血反吐を吐くかのような唸り声を出す中、ヴァジェだけは相変わらず疑問符まみれの顔をしている。

レニーアがここ一番のこの瞬間に絶妙な手加減をしていると察しながら、その理由が今一つ理解出来ないようだ。

——あの馬鹿、後で頭にタンコブの山を作ってくれる！

レニーアは本気で堪忍袋の緒を引き千切ってやろうかと考えた。

まあ、命まで取ろうと考えず、タンコブで済まそうと考えるあたり、彼女も大分丸くなったと褒めるべきだろう。

「くくく、やるな、竜種共！　そうら、持っていけ、正真正銘、最後の一撃だぞ！」

〝全力の〟とは言わないレニーアの声と共に、思念竜が両手に抱えたヴァジェ達の同時攻撃を握り潰す。

ドランを除く観客達が息を呑んで見守る中、思念竜は強烈な閃光を伴う爆発の中に呑まれて消えた。

結界内部が閃光と爆発によって巻き上げられた土煙に覆われて、観戦者達の視界を閉ざす中、うっすらと見えるレニーアの影は変わらず二本の足で立っていた。しかし……

「ふん、これくらいやれるのなら、ベルンの軍勢と肩を並べるのを認めてやってもいいか」

左手首に着けたジャッジメントリングの結界によって守られたレニーアは、限界まで追い詰められた様子の竜種達を見ながら、ふてぶてしい顔でそう言い放ったのだった。

なお、ヴァジェはまだ〝あれ？　どうも引き分けに持ち込めたらしいぞ？〟と、状況を呑み込めていない様子で、レニーアは笑顔のままこめかみに青筋《あおすじ》を浮かべる羽目になった。

ヴァジェはタンコブの山では済まないだろう。

†

「イリナ！」

「は、はい、レニーアちゃん、お疲れ様」

ヴァジェ達とはまた違った意味で精神的に疲れたレニーアは、長椅子の上に腰掛けるイリナへ一直線で近づくと、そのままイリナの膝に頭を乗せてごろりと横になった。

飼い主に甘える猫、いや飼い主に触れるのを許してやっている猫、が近いだろう。

イリナは強制膝枕を敢行《かんこう》してきたレニーアに文句の一つも言わず、微笑みを浮かべてゆっくりとレニーアの頭を撫ではじめる。

フフン、と満足げなレニーアの吐息が一つ零れた。

傍目には魔力を使い果たしたレニーアが、親友の膝を借りて休息を取っているとしか見えないだろう。

ただし、ドランはもちろん、レニーアの本来の実力の幾分《いくぶん》かを知っているネルネシアやファティマ達にも、本当は演技が面倒臭くなったからだとしっかり見抜かれているが。

レニーアはイリナの膝に頭を預けたまま、次の模擬戦に向かうべく、悲壮《ひそう》な色で顔面を塗り固めている後輩達に声をかけた。

相変わらず厳しく、鋭い刃のような声であったが、その内容は意外なものだった。

「ネルネシアとマノスには、もはや言う事はない。お前達は既に覚悟が固まり、意思もまた強靭堅固であるからな。私から見事と褒めておこう。飛蝗、青猫、問題はお前達だ、と言いたいところだが、そう気負わんでいいぞ。お前達にあそこまでやれなどとは、流石の私も言わん。だから、お前達はよくて一撃入れるか、悪くとも一分一秒でも長くあの場に立つ、それくらいの意気込みで行け。実力差を考えれば、それだけでも上出来だからな」

思いの外、容赦と情けのある言葉をかけられ、先程のヴァジェ達との模擬戦で萎縮していたクシュリもアズナルも、きょとんとした年齢相応の顔つきになる。

圧政と暴君という概念が実体化したような彼女が、ここまで後輩を慮《おもんぱか》る言葉を口にするなど、昨日までならば信じられなかっただろう。

ましてやありがたい助言をくれるなど、二人にとっては驚天動地《きょうてんどうち》。

クシュリなどは、自分が緊張のあまり失神して夢でも見ているのではなかろうかと、かなり本気で疑ったほどである。

「お前達はなるべくネルネシアとマノスの援護に回るか、相手の気を逸《そ》らす動きを意識しろ。もし接近戦を挑むつもりなら、クシュリは全身の体表ギリギリのところで常に防御障壁を全開で張り巡らせろ。身体能力の強化が疎かになるほど力を込めておかねば、今のお前では竜種の防御障壁とぶつかりあった時に、無事では済まん。青猫、お前はあの虎を出すよりもお前自身の肉体に被せるつもりで使え。現状のお前と竜種とでは霊格の差が大きい。その手の相手に対して、お前の虎はちと相性が悪い」

先程までの悲壮感を全力で彼方に放り投げて、ぽかんとした間抜《まぬ》け面《づら》になっている後輩達に、レニーアは〝まったくこいつらは……〟と、苦笑を零した。

意味がどうであれ、外見だけは素晴らしい美少女のレニーアに笑みを向けられ、アズナルなどは頬を赤くする始末である。

「ふん、まあいい。恐怖と緊張で心と体を強張らせるよりはよほどマシだろう。肩の力を抜きすぎるな。模擬戦が始まったら常に気を張れ。神経を集中しろ。細胞と精神が感じ取った脅威を過分なく、不足なく、正しく認識するのだ。警戒しすぎても、しなさすぎても、それは失敗に繋がる一本道でしかない。しかし幸い、今からお前達が赴《おもむ》く場所は失敗を重ねても、命を失う事のない〝優しい場所〟だ。思い切り失敗して、成功への道を積み上げてこい」

「竜種を相手にする場所が優しいって……そんなのレニーア先輩しか言えないっすよ」

困り顔で告げるクシュリだが、先程までとは打って変わって、ほどよく力が抜けた、最良に近い状態になっている。

同じく、アズナルも過不足のない適切な緊張状態に自分を置く事が出来たようで、力強い瞳でレニーアの顔を見ている。

「良くて一撃、悪くても出来るだけあの場に残り続ける、でしたっけ。なら、相手に攻撃を二発入れられたら、レニーアさんの予想を超えた結果を残した事になりますね」

「はっ！　青猫の分際で言いおるわ。だが、そういった大言壮語《たいげんそうご》は嫌いではない。なあに、まだ時間はある。今日一日では不可能でも、明日、明後日で私の鼻を明かしてみせるがいい」

レニーアは実に嬉しそうに笑って、模擬戦場に向かうクシュリとアズナルの背を見送った。

ヴァジェ、ウィンシャンテ、クラウボルトは心身の疲労の限界を訴えた為、模擬戦の相手には、観戦に来ていた他の竜種達の中で名乗りを上げた三体が選ばれた。

喜々として竜種を前に立つネルネシアとマノスを見て、〝あいつらは特級の阿呆《あほう》だな〟と、レニーアはこれまた楽しげな微笑を浮かべていた。

「レニーアちゃん、なんだか嬉しそうだねえ」

変わらず頭を撫で続けるイリナが、我が事のように喜びながら発した言葉を、レニーアは否定しなかった。

「ふむん、ま、つまらんものを見ているわけではないからな。それに、目の前の模擬戦以前に、これからどうしようかと、楽しい事を考えているのだ」

「それって、危ない事？」

レニーアにとっての〝楽しい事〟が基本的に危険を伴うのは、イリナでなくとも、この場にいる誰もがほぼ同意しただろう。

レニーアは、ごろりと寝返りを打ち、親友の顔を見上げながら実に楽しそうに簡潔な言葉で答えた。

「宣戦布告」

「え、競魔祭の相手校に？」

「さて、そこまでは秘密だ」

それだけ答えて口を閉ざしたレニーアは、再び体の向きを変えて、模擬戦の方向へと――さらに言えば、暗黒の荒野の方向へと視線を転じた。

神造魔獣の魂を持つ少女の瞳に映るのは、学友達か、はたまた砂塵《さじん》吹《ふ》き荒《すさ》ぶ荒野の先に蠢く魔性の軍勢か。

さて、舞台上のネルネシア達四人は、ヴァジェ達に代わって模擬戦の相手を買って出てくれた三体の竜種を相手に、レニーアの予想を超えた奮戦を見せた。

ネルネシアとマノスに関して言えば、その強敵との戦いを好む嗜好《しこう》と研究に没頭する性癖から、貴重な竜種との模擬戦に奮起するだろうと、ドランも想像していた。

しかし、意外だったのはクシュリとアズナル。

レニーアと少し言葉を交わしただけで闘志を燃やし、事前の予想以上の動きを見せて、〝良くて一撃〟を上回る、一体につき一撃ずつ、合計三撃を入れるという成果を残したのである。

これにはイリナに膝枕を行使中のレニーアも、審判役とファティマ達への解説役を兼ねていたドランも、ほう、と感嘆の吐息を零したほどだ。

結果として、模擬戦の相手をした竜種達は、レニーアほどではないにせよ、彼らの思い描いていた人間を超える力と気迫で挑んでくるネルネシア達に、一目も二目も置いたのだった。

非常に濃厚な内容をこれでもかというほど詰め込んだ模擬戦は、レニーアを除いた生徒側の心身を限界まで疲弊させて、ひとまずの終わりを迎えた。

†

夕暮れがベルン村の建物を暖かな色合いに染め上げて、家に戻る人々や、夜の商《あきな》いに備える人で村の一画が賑わいを増す中、レニーア達はクリスティーナの屋敷に帰還した。

道中、レニーアに呼び出されたヴァジェは、出るわ出るわの罵詈雑言を浴びせかけられ、翼は小さく畳まれ、尻尾はしょんぼりと垂れ下がるという落ち込み具合であった。

スカポンタン、アンポンタン、スットコドッコイと、酷い言われようだったが、特にヴァジェの心に深く突き刺さったのは、〝私よりも空気が読めない〟というレニーアの一言。

まさかまさか、あのレニーアよりも空気が読めないなどと、面と向かって言われるとは！　ヴァジェの受けた衝撃は非常に大きなものだった。

イリナに声を掛けられたレニーアがプンスカと肩を怒らせながらその場を切り上げた後も、しばらく落ち込んでいたほどだ。

それでも、浴場で温かい湯に浸かり、ファティマ達に笑いかけられれば、すっかり精神状態は復活した。図々しいというか、図太いというか、現金というか、いやはや。

入浴と休憩の後、一行は男爵たるクリスティーナと共に食卓を囲む事を許された。

この食卓には、ヴァジェをはじめ、模擬戦の観戦に来た竜種達も招待されていた。

竜人の姿に変化した彼らは、尻尾のある種族用の椅子に腰掛けて、物珍しそうに部屋に飾られた繊細な細工物や銀製の食器をためつすがめつしている。

給仕はリネット、ガンデウス、キルリンネに加えて、過去にクリスティーナの祖父に仕えていた執事の息子という人物を筆頭に、数名の執事とメイド達が行なっている。

流石に竜を前にしているという事もあり、メイドの何人かは緊張した面持ちだが、幸いにして皿の中身を零したり、躓いて倒れ込んだりといった失態はなかった。

長方形のテーブルの上座にはクリスティーナが座り、彼女から見て右手側にドランやレニーア達、左手側にはヴァジェをはじめとした竜種達が腰掛けている。

リネット達三人は壁際《かべぎわ》に並んで、いつでも給仕に動けるように控えている。普段は彼女達も食卓を囲むのだが、今回は客人を招いた場であるから、あくまで給仕に徹するつもりのようだ。

王国では前菜から始めて一品ずつ料理を出すのが畏まった食卓での作法だが、この場では先にほとんどの品をテーブルの上に並べる形式が採用されている。

人間の食事の作法に明るくない竜種達にはその方が良いだろうという配慮だ。

それまで内装に目を向けていた竜種達は、知恵と知識と技術でもって作られた料理が目の前に並べられると、一斉にそちらへと視線を転じた。

この中では最も人間の料理に慣れているだろうヴァジェも、ガロアでも見た事のなかった料理に対し、興味で瞳をキラキラと輝かせている。

この場に集まった全員の顔を見回し、屋敷の主人であるクリスティーナは満足げに微笑んだ。こうして友好関係を結んだ竜種達を前にすると、自分の求める未来図に一歩近づけたようで嬉しくなった。

「クシュリ達は随分とくたびれた様子だが、レニーアやネルの顔を見ると、どうやら有意義な時間を過ごせたようだな」

一度風呂でさっぱりした事もあり、クシュリとアズナルも体に疲労こそ残っているものの、顔色は晴れやかだ。

竜種側では、ウィンシャンテとクラウボルトはまだまだ疲れていそうだが、ヴァジェはいつもの調子を取り戻している。

竜種側で唯一事情を知る彼女の心労たるや凄まじいものがあるが、ドランや瑠禹相手に既に似たような体験を二度もしている事もあり、精神の回復力が否応なく鍛えられている。

立ち直りと割り切りの早さは天下一品になっていた――ならざるを得なかったと言うべきか。

彼女も傷つきはするし、驚きもするが、同時にそれ以上に回復が早い。それが今のヴァジェの精神性である。

「ウィンシャンテ殿やクラウボルト殿をはじめ、竜種の皆様には後輩達にお付き合いくださった事にお礼申し上げます。その返礼といってはいささか語弊がありますが、これから我がベルン領の名物とするべく日夜研究している料理を試食していただき、僅かなりとも慰労となれば幸いです」

テーブルには、ベルン男爵領内で収穫出来る野菜や穀物、魚類をはじめとした食材の他、エンテの森や龍宮国から輸入している食材を用いて作られた料理が並べられている。

亜人種が多く住んで、多様な食事形態が入り混じっている事と、クリスティーナ達が食用の牧畜運営に消極的である事から、主に野菜類と穀物と養殖の魚を用いた献立だ。

今回、レニーア達がベルンで合宿を行うにあたって、クリスティーナ達の側から出された数少ない条件の一つが、この試食会に参加して意見を述べる事だった。

ヴァジェ達は返礼という口実で体《てい》よくこの試食会に招かれた形になる。

モレス山脈の竜種達は、ベルンと協力関係にある地上の諸勢力の中でも強力な勢力だ。

その竜種達と今後も友好関係を築いていく為にも、彼らを本格的にもてなす際にどのような料理を出せばいいか、把握しておくのは重要だ。

竜種の舌は人間より味を感知する器官が多く、より複雑に味を理解する事が出来るという。

ヴァジェは家畜よりも野性的な動物の肉を好む他、特に甘味を愛好しているが、他の竜種達についても嗜好を知るのにちょうどよい機会を得られたわけだ。

ただ、おおよそ肉食を好む竜種達相手に、牧畜にあまり向いていないベルンがいささか難しい立場であるのは確かなので、それ以外に好物を見つけられれば御《おん》の字《じ》だ。

豪快に丸焼きにされたり、揚げられたり、あるいは生の切り身を酢でしめたりした川魚。

色鮮やかに盛られた生野菜のサラダに、丁寧に裏ごしされた各種野菜のポタージュ。

あるいは一体どんな食材が使われているのか見当もつかない、ペースト状の層を何枚も重ねた四角い料理。

いずれも、雇われた料理人達の創意工夫の跡が見られるものばかりだ。

当たり外れもあるだろうが、そこはそれ。何事も試してみなくては善《よ》し悪《あ》しすら分からないのだから、まずは実際に食べるところから始めなければならない。

食前の祈りや挨拶は各々の作法に則《のっと》って行われ、食事が始まった。

サラダから手を付ける者、最初からメインディッシュである魚料理や鳥料理に手を伸ばす者、あるいはワインや麦酒に口を付ける酒飲み達と、食べ方もてんでバラバラだ。

「ヴァジェは相変わらず甘いのが好きか。我が領内で収穫した果物と、そこから抽出した糖類を使っているのだけれど、味はどうかな?」

クリスティーナに問いかけられたヴァジェは、柑橘類の皮を甘く煮詰めたシロップを掛けたクレープを口いっぱいに詰め込み、頬に生クリームをつけている。

この分では、先程レニーアに罵倒された事など忘れているだろう。柔軟な精神構造と言うべきか、甘味一つで簡単に立ち直る単純な精神構造と言うべきか。

燻製《くんせい》にした山羊《やぎ》や牛のチーズを摘まみ、さらに揚げた小麦粉の生地に果実のジャムを塗ったお菓子を頬張りながら、ヴァジェはようやく返事をした。

「まあ、悪くはない。少なくとも、私ならお金を出しても良いと思えるくらいには美味いぞ。領地の名物にしたいなら、屋台でも作れるように簡単な調理法を心がけて、食材も安価で大量に仕入れられるものにすべきだな。食べた感じ、基本的には焼いた生地に別に調理した具材を挟み込むだけのようだ。これなら屋台でもすぐに用意出来るだろう。あまり簡単すぎては、どこにでもある料理になってしまうだろうが……」

ヴァジェにしては的を射た発言だったが、レニーア同様、彼女も決して頭が悪いわけではない。その思考能力の大半が食事に割り振られているだけだと、長い付き合いから理解していたクリスティーナは、この発言を真面目に受け止めていた。

「なるほど、他所との差別化が課題なのは確かだ。独自の調理法もそうだが、ここでしか食べられない果実があったら、そもそも調理するまでもなく宣伝になるからね。流石、ガロアだけでなくあちこち食べ歩きをしていただけはある。ヴァジェの意見は参考になるよ」

「見知らぬ人間の数が増えるのは面白い話ではないが、人間の数が増えれば、他所で料理をしていた人間も集まって、料理作りも捗るだろう。そうすれば、もっと美味しい物が食べられるから、私にも益となる」

「そういう理屈になるわけか。それなら君の期待に応えられるように、この地をもっと人々にとって住みやすい場所にして、多くの人に集まってもらわないといけないね」

その為にも、暗黒の荒野の軍勢になぞ負けてはいられないな、とクリスティーナは小さく呟いた。

その言葉を聞き届けたレニーアが、一瞬、獰猛に笑ったのを、傍らのドランは見逃さなかった。

第五章――宣戦布告

暗黒の荒野に蠢いていた諸勢力をまとめ上げ、統一勢力ムンドゥス・カーヌス――通称魔王軍を作り上げた魔王ヤーハーム。

数多く存在する軍神の内の一柱サグラバースの眷属達の末裔であり、軍神の血を強く発現させた半神半魔と称すべき存在だ。

ゴブリン、オーガ、巨人、人間、各種の亜人達に加え、多くの派閥《はばつ》に分かれていた魔族勢力を統合し、一つの組織として成立させたその手腕と戦闘能力は卓越したものがある。

そして、留まるところを知らない野心は、一つの国を治めるだけでは物足りぬと、大陸全土、そして海の向こうにある他の大陸にまで伸びていた。

目下、暗黒の荒野に存在する草原の大国を相手取り、屍《しかばね》の山を築く熾烈《しれつ》な領地の奪い合いを繰り広げているムンドゥス・カーヌス。しかし当然、彼らは南に存在するアークレスト王国とロマル帝国、あるいは北の大地に存在する国家にも目を向けている。

もっとも、大陸北方の雄であるディファラクシー聖法王国は既に瓦解《がかい》しており、彼らが北方進出に備えて進めていた計画は大幅な変更を余儀なくされていた。

ムンドゥス・カーヌスの根拠地である首都ゴエティアは、遥かな昔に暗黒の荒野に出現したサグラバースの眷属達が、魔界より持ち出した浮遊島そのものである。

荒野のど真ん中に設置された浮遊島は、今では大地に根差しており、巨大な山のようなシルエットを月光に晒している。

その表面は、年月の経過と共に血と霊格の薄まった魔族の末裔達が住む家々と、彼らの耕した畑で覆われていた。

中心部には魔界で精製された巨大かつ高密度の魔力の結晶が設置されており、それが浮遊島全土に張り巡らされた術式と住人達の魔力と連動し、永久機関として稼働している。

また、ゴエティア全土を守る結界を幾重にも展開し、内部の住人達を保護する機能と内部の食物の育成を早めるなどの副次効果も有している。

地上に出現した当初は戦いに飽き、安寧《あんねい》を良しとしていた魔族達も、年月を経て血が薄まるのとは反対に倦怠《けんたい》を忘れ、軍神の眷属として戦を求める性分を蘇《よみがえ》らせた。

そうして魔族同士の内部抗争を終わらせ、外部勢力との戦争に百年の準備を費《つい》やし、ドラン達が生まれた時代に到って、ついに蓄えに蓄えた軍事力を爆発させたのである。

いかなる異種族の軍勢も決して踏み込ませなかったゴエティアに、南方からの侵略者が影を落としたのは、月の光が一層冴え冴えと輝きを放つ夜の事だった。

通常、ゴエティアでは、ワイバーンやマンティコア、グリフォンといった飛行可能な魔獣、あるいは翼を持つ魔族や亜人達によって、昼夜を問わず警戒網が敷かれている。

無思慮な侵入者は彼らに命を刈り取られる運命にある。

ゴエティア市街の中心部に存在するインビクタス城——俗に魔王城と呼ばれるその城の警備は、郊外に敷かれているそれよりもさらに厳重なのは言うまでもない。

魔王軍の指導者にして最強の存在でもある魔王ヤーハームの他、その軍事面における懐刀《ふところがたな》である魔王軍六将軍、通称魔六将《ろくましょう》のうち、最低でも一人が常に守りについている。

他にも、並の魔族兵十人分の力を持ち、ヤーハームに絶対の忠誠を誓う最精鋭の親衛隊一万が常駐しており、これとは別に首都防衛軍も存在する。

ゴエティアの堅牢な防衛態勢は、およそ地上の勢力でこの城を落とせる軍勢はまず存在しないと言える規模のものだ。

しかしその日、結界が破られる際に発する硝子が砕けるような甲高《かんだか》い音が瞬時にいくつも重なったのと同時に、鉄壁の防御態勢は崩壊の坂を勢いよく転がりはじめた。

これらの音は、万全を期して張り巡らされた強固な結界がほとんど間をおかずに破られた、という信じがたい事態を示している。

この緊急事態に際し、魔王城に詰めていた兵士達の動きは迅速を極めるものだった。

誰もが状況確認と情報伝達に最善の行動を取り、最も守るべき魔王の玉体《ぎょくたい》と王都の心臓とも言える魔法機関の守護に人員を最優先で割り当てる。

小鳥一羽の侵入も見逃さないはずの空中網を形成している航空戦力は、指揮を務める魔王城の管制官達からの連絡に即座に応じたが、既に一部の部隊は音信不通だった。

それで、この部隊の担当していた区域から敵が侵入したとすぐさま察せられた。

しかし管制室からこれらの情報が伝えられるよりも早く、親衛隊や防衛軍もまた、航空戦力の一部が撃破された事を理解させられる。

何故ならば、意識を刈り取られ、ズタボロの姿へと変わり果てたワイバーンやグリフォン達が頭上から落下してきて、魔王城へと叩きつけられたからである。

その中には、空中警戒網の最大戦力を担っていた偽竜さえも含まれていた。

上空から降り注いだ血の雨と城を揺らした落下の衝撃は、流石に魔族の精鋭達にも動揺の波として伝わる。

そしてこの尋常ならざる事態は、この城と浮遊島の主であるヤーハームも理解するところだった。

寝室では、既にヤーハームが眠りの世界から帰還し、完全武装を終えていた。

これ以上鍛える余地のない筋肉を灰色の肌で覆った五体は、赤く縁取られた白い甲冑で守られて、右手には柄の中心に瞳を思わせる青い宝玉を埋め込んだ大剣が握られている。

左右の側頭部からは前方に向けて鋭い角が伸び、眉間《みけん》には赤い水晶のような物体が輝いていた。

膨大な魔力と神通力を制御する為の器官である。

額の水晶と同じ赤い瞳には抑えきれぬ野心の光と、それを実行するのに必要なだけの知性と覇気《はき》が輝いている。

齢《よわい》二十半ばと見えるこの青年こそが魔王ヤーハームであった。

「陛下、ご無礼を！」

室外からの声と同時に、ヤーハームの寝室に警護の親衛隊と、魔六将の一角——マスフェロウがどっと駆け込んだ。

偽竜がドラゴニアンに姿を変じたこの魔将は、竜の角と尾を持ち、四肢が鱗で覆われおり、毛先が赤くなった紫色の髪を長く伸ばした妖艶《ようえん》な女性である。

彼女達は傷一つない主君の姿を確認し、安堵の吐息を零す。

「騒がしくなったな、マスフェロウ」

自分を案じて駆けつけた忠臣の姿に、ヤーハームは少しだけ目元を柔らかくする。

「はい。陛下の安らかなる眠りを妨げ、お耳を煩わせてしまった事、誠に申し訳ございません」

「よい、それよりも、汝は汝の務めを果たせ」

「はっ、賊は第十七方面より侵入した模様でございます。警備を担っていた首都防衛空中兵団第十八、十九、二十中隊からの連絡が途絶えました。病竜《びょうりゅう》ヘグラ、影竜《えいりゅう》シャディア、死竜《しりゅう》デルテロが撃墜《げきつい》されておりますが、三体とも死には到っておりません」

「第十七方面、アークレスト王国の方角か。確かに、かのベルンの地が賑わいを増し、明らかに我らに対する備えをしているとは耳にしていたが、安直に繋げるわけにもいかぬか。侵入者に倒された者達は全員が命までは奪われていないようだな。優しい侵入者というべきか、それとも理解しがたき意図があってか……」

ヤーハームは寝室から一歩も出ていないはずだが、どうやらこの魔王は城内で起きている事を知り尽くしているようだ。

何かしらの異能か、あるいは城の方にそういった伝達機能があるかだろう。

城内の騒がしさはヤーハームの寝室まで伝わっているが、まだ戦闘音は発生していない。空中を警戒していた部隊を――命を奪わずに――撃破した後、侵入者は恐ろしいほどの沈黙を保っている。

地上に出現して以来、同族を除いてはあらゆる敵の侵入を阻んできたこの浮遊島とゴエティアに、自分達の代になって侵入を許した事。それ以上に、彼らの崇敬する主君ヤーハームの御世《みよ》にこのような汚点を残してしまった事が、マスフェロウをはじめとした兵士達全員の胸に怒りの業火《ごうか》を灯していた。

もし、侵入者が彼女達の目の前に現れたなら、肉体は千の肉片に切り裂かれ、およそ考え得るありとあらゆる苦痛が与えられるだろう。

マスフェロウ達が内心で怒り狂い、憎悪を募らせていると……不意に、ヤーハームが寝室に面しているテラスへと視線を転じた。

「ふむ、狙いはおれか？　夜更《よふ》けにするには、いささか度が過ぎた悪戯であるぞ、女」

希代の魔王ヤーハームの赤い瞳に映るのは、テラスと寝室を隔てる硝子越しに映る城内の夜景、月と星の白く柔らかな無数の光。そして、不気味なほど明るく輝く月を背に、テラスの手すりの上に立つ女の姿だった。

にいいっと、亀裂のような、三日月のような、美しくて、それ以上におぞましい笑みが女――レニーアの顔に浮かび上がった。

ただしその姿は普段の可憐なる少女ではなく、カラヴィスが好んで変身している褐色の肌の踊り子ラヴィを模した成人女性のものだった。

夜の風になびく闇のような髪の色や、月さえも嫉妬《しっと》しそうな黄金の瞳、美しいのに不気味な笑みを浮かべる唇は、黒い紅を刷いている。

星の光を跳ね返す白いドレスは、大きな一枚布を腰の帯で巻いただけの簡素な造りだ。

不吉に、不敵に、不遜に笑うレニーアの姿に、ヤーハームが面白いものを見たと笑みを浮かべる。

同時に、主の守護を己の生命よりも優先するマスフェロウと警護の親衛隊が、憤怒の炎を胸の内に滾らせながら進み出た。

神の金属オリハルコンの模造品デオハルコンの甲冑で全身を固めた親衛隊は、それ自体が強力な魔力を発する長銃の銃口をレニーアへと集中させる。

ヤーハームを背後に庇《かば》ったマスフェロウは、不遜なる侵入者が崇敬する魔王の安寧の時間を邪魔した事への怒りと、殺意の魔力を紫色の視線に乗せて、レニーアを睨みつける。

底知れない奈落に通じている亀裂のようなレニーアの笑みに、マスフェロウの心の中で得体の知れない不安が生じ、その領土を徐々に増やしていく。

それを糊塗《こと》するように、彼女は病毒混じりの火の粉を誰何《すいか》の声と共に吐き出した。

「貴様か、恐れ多くも魔王ヤーハーム様の御前に姿を晒すなど、恐れを知らず、礼儀を知らぬ愚か者め。何処の手の者とも知れぬ有象無象は、この場で処断してくれよう‼」

夜陰《やいん》の大気に溶ける病毒の炎は、ただの一息で無数の生物を殺傷せしめる猛毒である。

マスフェロウはそれを理解出来ぬ恐怖に駆られて吐き出したのだが、彼女自身はその感情に気付いていなかった。

気付いていたのはヤーハームと、闇夜を背に立ち、魔王とその配下の価値を推し量っているレニーアのみ。そして、彼女の恐怖が正しいものであると理解しているのもまた、この二名のみであった。

さっとマスフェロウが手を上げるのに合わせて、長銃の引き金に添えられていた親衛隊の指に力が籠る。

マスフェロウだけでなく、兵士達の心にも恐怖が伝染しているのを見抜き、レニーアは亀裂の如き笑みを優しげなものへと変えた。

この上ない憐憫《れんびん》と嘲《あざけ》りの混ざり合った、他者を侮蔑する事に特化した笑みであった。

「何を躊躇《ためら》う。何を待つ。何を恐れる？　さあ、貴様の言うところの有象無象を蜂の巣にしてみせろ。矮小《わいしょう》なる貴様らの崇敬する魔王とやらの安眠を妨害した私を、さっさと処断するがいい。無論、出来るものならな？」

撃て——と、マスフェロウが叫んだのと、親衛隊が引き金を引いたのは、ほぼ同時であった。

最大六発まで連射出来る長銃から、赤い魔力の弾丸が次々と放出される。

二十人全員が弾倉代わりである特殊加工された魔晶石から魔力が失われるまで、引き金を引き続けた。

一人につき六発の二十人分、合計百二十発にも及ぶ破壊の指向性を付加された魔力の弾丸は、一発も外れる事なくレニーアの全身をその射線上に収めていた。

ミスリルをふんだんに使った銃身には、魔力を増幅させる術式や貫通性能を高める術式が幾重にも付与され、弾丸は装填した魔晶石から抽出した魔力によって形作られる。

たとえ強固な障壁や結界を展開したとしても、これだけの高密度の魔力の弾丸を叩き込まれれば、減衰は免れない。

そうなれば魔六将であるマスフェロウの攻撃を、あるいは魔王ヤーハームの攻撃を防げるはずがないと、親衛隊達はそう信じていた。

実際、これだけの弾丸を撃ち込めば、偽竜の鱗であろうと結界ごと撃ち抜く威力を持つ。

しかし、それはすなわち、並の偽竜程度にしか有効ではない武器だという意味で、そんなものがレニーアに通じるわけもない。

「魔法銃だの魔力銃だの呼び方は色々とあるが、お前達のソレは他所の土地の物と比べると、随分と性能が良い。素材と手間を惜しまなかったからだろうな、ふん！　しかし、使う相手を間違えるようでは、宝の持ち腐れよ。どうせ通じぬのなら、後生大事に抱えている方がまだマシであろう」

無駄弾を撃つだけなら撃たない方が遥かに良いと、嘲り笑うレニーアには、もちろん傷一つない。

彼女の華奢な体を中心として、球体状に展開された思念の守りが、魔力の弾丸の全てを受け止め、同時に微塵に粉砕していたからだ。

全弾防がれるのはともかく、レニーアの守りを減衰させる事すら出来なかったと、親衛隊は瞬時に理解する。

驚愕《きょうがく》があった。恐怖があった。不安があった。

しかしそれら全てを発生と同時に抑え込み、弾を撃ち終えた長銃を手放すや、彼らは散開して腰に提げた魔剣を抜き放つ。

これは苛烈の一言に尽きる訓練と鋼の精神力のなせる業《わざ》というもの。

一人ひとりが一流の戦士であり、魔法使いである親衛隊の一糸乱れぬ動きに、レニーアは僅かに感心する。

ベルンにおける親衛隊に相当する兵士達を脳裏に思い浮かべ、兵卒の練度は魔王軍が上か、と冷静に評価を下した。

平均的な魔族の戦闘能力が人型生物の中では屈指の基準を誇る事もあるが、それ以上に、暗黒の荒野内での多大なる実戦経験と、これまで培《つちか》ってきた〝闘争の歴史と教訓〟がある。

こうした要素において、ベルンと比較した時、組織的な軍事力は魔王軍側に大きく軍配が上がるのだ。

「雑魚《ざこ》にはもう興味はないな」

魔王軍領内に侵入後、蹴散らしてきた雑兵《ぞうひょう》と親衛隊の練度をざっと把握した事で、レニーアの中で、将ですらない彼らへの興味は失われていた。

嘲りの響きすらなく、無関心だけで構成された言葉が零れるのと同時に、レニーアを四方から襲うべく散開した親衛隊達の首が、一斉にきゅっと絞められた。

なんという事はない。レニーアの見えざる思念が、親衛隊の纏う甲冑をはじめとした防具や魔法防御力を呆気《あっけ》なく貫き、首を締め上げて、意識を奪い取った結果である。

親衛隊の誰一人とて死んではいないが、指一つ動かさずに親衛隊全員を戦闘不能状態に陥らせた事実は、マスフェロウにレニーアがより強大な敵であると印象付けたのは間違いない。

「雑魚の評価は終わった。次は将の質を見てやるとしよう」

ベルン側で将に該当する人物と言えば、ドラミナ、セリナ、ディアドラ、リネット、ガンデウス、キルリンネとなるだろう。

何名か――いや、ほとんどは指揮官としての経験がまるでない者も含まれるが、個人で軍勢を相手取れる実力者である点を考慮して差し引きはゼロ、とレニーアは甘めに採点した。

なお、通常であれば領主のクリスティーナがベルンの総大将で、補佐官であるドランも将の一人に数えられるべきだが、レニーアはそう考えてはいなかった。

彼女の価値観に基づいて判定すると、ドランこそが実質の総大将で、クリスティーナは立場上、総大将に据えているだけの、いわば仮の総大将となる。

対する魔王軍こと、ムンドゥス・カーヌスの総大将である魔王ヤーハーム。これもまた、レニーアにとってはベルンの総大将ドランと比較する必要など欠片もない相手だった。

レニーアは、比較の為ではなく、ヤーハームがどの程度の存在であるかを確認しに来ている。

そして魔六将の一角、マスフェロウも評価するべき対象だ。

魔王軍に所属する偽竜を統べ、疫病を撒き散らす悪しき竜の女王、全ての生命に苦痛を、悪寒を、凍えを、灼熱を、腐敗を与える邪悪なる竜の女の実力はいかほどのものか。

レニーアは、倒れ伏す親衛隊を置き去りにして自分に迫るマスフェロウの覇気に、気迫だけはまあまあと評価を下し、手すりの上から外へと飛び下りた。

夜空を仰《あお》ぎながら落下するレニーアの眼前を、マスフェロウが放ったどす黒い病のブレスがかすめる。

直後、ブレスを放った当人が背の翼を広げて飛び出し、全身から偽竜の魔力と無数の病をもたらす呪いを放ちながら襲いかかってくる。

レニーアは比較的自分と近い種族であるマスフェロウの力量に、〝お父様が地上の竜種と会う時はいつもこのようなお気持ちなのだろうか〟と呑気な事を考えていた。

地上の偽竜にしてはやる方だが、大神にも匹敵する霊格を持ち、戦闘に特化して生み出されたレニーアからすれば、どうにも物足りない相手である。

マスフェロウは、黒髪を強風に靡かせながら落下するレニーアに、恐怖を芯に押し込めた怒りを向けて叫ぶ。

「我らが都に土足で踏み込むその蛮勇《ばんゆう》、どうやら全く実力を伴っていないわけではないようだな、小娘！」

「小娘？　はん！　そうかそうか、貴様にはそう映るか。真なる竜種を滅ぼす為に生み出された偽りの竜種、邪神の被造物よ。貴様らのその出自には大いに親近感を抱くが、あのお方の敵となり得るかどうか、その力を私に示すがいい！」

「あのお方？　まさかお前もいずれかの神の眷属か！」

確かにレニーアの魂は、大邪神カラヴィスの眷属と言っても差し支えのないものではある。しかし、今の彼女はカラヴィスの指示に従って行動しているわけではないし、かといってドランの意向で動いているわけでもない。

レニーアが自らの大切と考える者達の為に、自らの意思で動いているだけだ。

若干、マスフェロウの深読みがすぎていると言えた。だが、この深読みはレニーアにとってそう悪いものではなかった。

この際だ、どこぞの邪神が魔王軍と同じようにこの惑星を征服する為に遣わした眷属のふりをして、こやつらを混乱させてやろう――レニーアはそう即断した。

「ふははは、軍神サグラバースの眷属たる貴様らだけが地上にいる神の眷属と思うなよ。貴様らの存在があのお方にとって障害となるか、放置しても構わぬ塵芥《ちりあくた》か、この私が審判してやりに来たのだ。泣いて感謝しろ！」

ヤーハーム、ひいてはサグラバースの眷属たる魔族全てを見下しきったレニーアの発言に、マスフェロウはこれ以上ないと思っていた怒りを一層燃え上がらせた。

たおやかな竜人の美女は、全身から更なる病毒を溢れさせ、ただそこにいるだけで際限なく疫病を撒き散らす人型の災厄と化しつつあった。

「その口から吐いた言葉、取り消す事は出来んぞ！」

「はははははは、そら来い、遊んでやるぞ、小娘」

レニーアは地面に激突するまでほんの数秒というところで、高笑いと共に自分を中心として思念体を展開し、夜空へと向かって急上昇した。

普段は竜を模したものだが、今は別人に変装している事情と合わせて、武装した女戦士のような姿で破壊の思念を具現化している。

飛び上がるレニーアとすれ違いざま、マスフェロウは両手で抱え込むほどの大きさの無数の病毒の砲弾を放ったが、それらは思念体の左腕の一振るいで呆気なく霧散《むさん》した。

常ならば、目に映らぬ小さな微粒子となってもその病毒は凶悪な効果を発揮するが、レニーアに振り払われた瞬間、病毒は完全に消滅してしまう。

マスフェロウは大きく舌打ちして、レニーアが疫病や毒に由来する邪神の眷属であるならば、このような芸当が出来てもおかしくはないと、新たな誤情報を記憶する。

果たしてこの誤情報が訂正される時が来るのかどうか。

高速で飛行するレニーアを追うマスフェロウは、口から病毒と漆黒の炎の混ざる吐息を次々と吐き、さらに周囲には紫色に輝く魔法陣を描き出す。

魔法陣の展開が終わると、マスフェロウは自らの病毒と魔力をより凶悪に、より強固にする為の魔力を含んだ呪文の詠唱を始めた。

「私の吐息　私の紫　私の黒　私の吐息に触れてお前の皮膚は爛れる　私の吐息を吸い込んでお前の肺は焼ける　私の吐息に侵されてお前の命は朽《く》ち果《は》てる」

「ほう？　竜語魔法ではないな。自己属性の強化魔法か。ちと呪文は長いが、お前の場合は病毒そのものが守りの壁となって、詠唱中の隙を補っているな？」

「私の吐息よ　私の毒よ　私の病よ　ああ　全てのこの世の命を蝕むがいい　病魔黒蝕地獄《プレラックヘルストレージャー》!!」

放たれる魔法がどれだけ強力で凶悪であるかを知った上でなお、レニーアが余裕の笑みを浮かべているのを理解し、マスフェロウは屈辱《くつじょく》に唇を噛みしめながら魔法を解き放った。

彼女の体から一際濃い黒紫色の魔力と病毒が一筋《ひとすじ》の流れとなって、魔法陣を描いている文字に行き渡る。

そこから一拍の間を置いて魔法陣が禍々《まがまが》しく輝くや、おぞましい黒紫の奔流がレニーアへと迫る。

レニーアが上空に位置しているところで放たれたのは、この魔法による被害を少しでも抑えるようにマスフェロウの理性が働いたからであろう。

本来ならば都市内部で行使してはならない、無差別に被害を撒き散らす禁呪にも等しい一撃だ。

上空であえて停止したレニーアは、自身を呑みこまんと迫る、増幅され、圧縮された病毒を見つめて、ふん！　といつものように笑い飛ばした。

「竜公、いや上位の竜王級の実力はあるか。流石に龍吉には及ばんが、国一つを地図から消すだけの力はある。病原菌の塊にしては上々だぞ」

レニーアの思念体が大きく口を開いた。

何をするかと思えば、カパリと開いたその大口が凄まじい勢いで吸引を始めて、見る見るうちに病魔黒蝕地獄《プレラックヘルストレージャー》を吸い込み出した。

予想していなかった防御方法に目を丸くするマスフェロウを見て、レニーアがさらに鋭く口角を吊り上げる。

レニーアの思念体は、それに触れるだけで物質なら原子にまで、霊的存在であるならば同じく最小単位にまで分解される、超高密度かつ大神級の破壊の意思の塊である。

まるで生物の如く吸引を始めた思念体の口内に吸い込まれれば、いかに上位竜王級の存在が放った渾身の一撃であろうと、汚れ一つつけられずに分解される以外に道はない。

灰色に光る女巨人のような思念体によって全ての病毒が吸引され、無効化されるのに、数秒と時間はかからなかった。

「将の質もまずまず。お前と同格があと五名か。ふむ、なるほどな。ああ、お前はもう用済みだ。さっさと寝ろ。夜更かしは美容に悪いそうだぞ、小娘？」

マスフェロウには自分に何が起きたのか分からなかった。

突然何かがぶつかったと思った時には意識を失い、そのまま足元の地面に叩きつけられていたからだ。

彼女の体は大きな振動と土煙を巻き起こし、地面に巨大な穴を作っていた。

不可視の思念の砲弾が命中し、気絶したマスフェロウが、落下の衝撃で城の中庭の一つを無残な光景に変えるのを見届けたレニーアは、テラスへと視線を転じた。

「お前の部下が倒されたが、どうした？　よくも我が忠臣を、と部下泣かせの言葉の一つでも吐かんのか？　それとも、この程度の輩《やから》は家臣には要らぬと口にはしないのか？」

今まで以上に挑発的な言動を半分は意図的に、半分はごく自然と吐くレニーアを、テラスに出た魔王ヤーハームは、凪《な》いだ水面のように静かな瞳で見ていた。

その魔王の態度に、レニーアが口元の笑みを消した。

実力においては天地よりもさらに大きな隔たりのある二人ではあるが、ヤーハームの精神性はなかなか見所があると、考え直したからである。

端的に言えば、良い目をしていると、そう思ったのだ。

「ふむ、思っていたほど小物ではないな」

「そこは思っていたよりは大物だなと、こちらを褒めるべきではないか？」

愛用の大剣を手に、ヤーハームはテラスの中を進みながら言い返してみせた。

表情は変わらず能面だが、声にはどことなく面白がっている雰囲気がある。

「私が誰かを褒めるなど、余程の事よ。そしてお前のその態度は余程には値しない。お前もあの偽竜との話を聞いていただろう。お前達軍神の眷属は、私と私が仰ぎ尊ぶお方と相容《あいい》れそうにないのでな。まずは私が歯応えを楽しみに来てやったのだ。いい加減、主菜たるお前の歯応えを楽しませろ」

そう言って、わざとらしくガチガチと歯を噛み鳴らして見せるレニーアを見て、ヤーハームは妹の行儀の悪さに困る兄のように苦笑した。

これまたレニーアにとっては予想外の反応であり、決して面白くはない。

「マスフェロウが口にした、我が祖とは異なる神の眷属という話か。相手の言葉を鵜呑《うの》みにするのは危険だと、あれも知っているはずだが、貴殿を前にしてから平常心ではなかった。多少の過《あやま》ちを犯す事もあろうよ」

「これはこれは、魔王などと名乗っている割には寛容な発言だな。慈悲深き聖君を目指しているとでものたまうつもりか？」

「おぞましき魑魅魍魎《ちみもうりょう》、邪悪なる魔性共《ましょうども》の王だから魔王と名乗っているわけではない。天上楽土よりも大魔界にある事を選び、されど大魔界の在りようを憂《うれ》えて地上に上がった、かつては神であった魔族の王。故の魔王だ。魔王であるから性酷薄《せいこくはく》というわけでも、慈愛《じあい》に満ち溢れているというわけでもない。所詮は肩書なのだよ。何処とも知れぬ地より参った名も知れぬ女よ。いや、ただの女ではないと思ってはいたが、それ以上にとてつもない怪物を前にしているようだな。ふふ、なんと心の躍ることか」

ヤーハームの体が、その身に纏う白い甲冑ごと夏の陽炎の如く揺らいだ。

第三者がいたなら空間を跳躍したのかと見間違うほどの神速で、彼は虚空を足場にして駆け出し、正面から大剣を振り下ろしていた。

落雷が刃の形を持ったのかと、レニーアが感心するほどの圧力と速度を兼ね備えた一撃である。

強化魔法に頼らず、魔王と呼ばれるだけの身体能力と膨大な魔力に裏打ちされ、絶え間ない練磨によって支えられたその一撃が、レニーアの纏う結界と激突し、受け止められた。

ここで称賛すべきは、刃が僅かも欠けなかった大剣の堅固さと、それを覆っているヤーハームの魔力の層の厚さであろう。何しろ彼らは触れる物全てを粉砕し、分解しようとするレニーアの攻撃的な結界に抗《あらが》ってみせたのだから。

「やるな！　貴様なら竜王が相手でも互角以上に渡り合えるぞ。あの偽竜の上に立っているのは、伊達《だて》ではないようだ」

「そちらには余裕しかないな。おれはこれでも全力の一撃なのだが」

「貴様らと私とでは格が違うのだ。たわけが！」

無造作に振るわれた思念体の腕に、ヤーハームの巨体は大きく弾き飛ばされる。

しかし彼は、白く輝く魔力を反対方向へと放出する事で勢いを相殺し、更なる速さでレニーアへと再度斬りかかった。

「刃よ力を帯びよ　魔衝刃《マグスード》！」

レニーアへと右袈裟に振り下ろされる刃は、濃密な白い魔力を纏い、その斬撃の鋭さ、重さを何重にも強化していた。

今度は思念体の右腕で受けたレニーアが、目を細める。

――クリスティーナが全力でエルスパーダを振るう以上か。

レニーアが冷静に分析している間に、白い魔力光を纏う大剣は十、二十と斬撃の数を重ね、その度に迎撃する思念体の腕との激突によって周囲の大気を大いに攪乱《かくらん》する。

伝播《でんぱ》する衝撃波と魔力の波動が、城のみならず都市部までもを揺るがした。

一撃ごとに城の壁にひびが走り、都の建造物の一部が崩れはじめる。

強大すぎる両者の激突は、瞬《また》く間に厳重に魔法の守りを敷かれた都市に被害をもたらしつつあった。

「我は災いを運ぶ風となる　瞬禍足《アプセル》」

レニーアと正面から斬り結んでいたヤーハームの巨体が霞と消え、次の瞬間、彼女の背後へと姿を移していた。

瞬間的に自身の速度と反射神経を劇的に向上させるありふれた魔法だが、その精度と上昇率は、人間の扱うそれとは比較にならぬものであった。

さらにヤーハームは、出現と同時に別の魔法まで合わせて発動する。行使された魔法の位階と難易度の高さを考慮すれば、超一級の魔法使いのみに許された技だ。

「天地を砕く！　崩滅刃《ラストラグス》!!」

おそらく、ヤーハームが瞬間的に叩き出せる最大威力の一撃は、先程までレニーア相手に使用していた【魔衝刃《マグスード》】の実に十倍にも相当する破壊力を有していた。

稲妻を千と束ねても及ばぬ魔王の一撃を、しかしレニーアは余裕の笑みを崩さず、緩やかとさえ見える動きで振り返り、思念体ではなく自身の左腕で受け止める。より正確を期するのならば、研《と》ぎ澄《す》まされた大剣の刃を、左手の人差し指と親指とで挟んで止めていた。

「この得物、本物のオリハルコンを使っているな。私でもそう簡単には折れん。魔界時代、あるいはそれ以前から伝わる神々の武器か。よく使いこなしている」

「それを指二本で受け止める貴殿は、一体何者だ？」

「私はあのお方の忠実なる下僕、被造物であり、子である。そして貴様らの敵と覚えておけ」

「敵か。確かにそれは間違いではなさそうだ。貴殿はかつてない脅威。これはいささか負担が大きいが、出し惜しみはなしだ。神解《ポゼスト》！」

「っ！」

レニーアは二本の指を即座に大剣から離した。

ヤーハームの魂と肉体の内側から、地上世界の存在にはあり得ないほどの霊格の向上が感じられたからだ。それは間違いなく、神と呼ばれる存在の域にまで達していた。

レニーアが思念体の右腕を振り下ろしたのに合わせて、ヤーハームは両手で握る大剣を斬り上げて、これを受けた。

「神剣ガランダインよ、汝の威を示せ！」

「ほう、神格の解放あるいは再獲得か。味な真似をする」

おそらくごく短時間ではあろうが、ヤーハームは一時的に祖であるサグラバースの霊格をその身に再現し、地上にありながら神としての力を揮う事が出来るようだった。

流石に地上世界では全知全能となる真性の神の権能までは扱えないが、生み出される魔力の量、身体能力、そして神通力が、文字通りこれまでは次元の違うものになっている。

レニーアの右人差し指の先が斬撃の余波によって斬られ、小さな血の球を結んだ事からも明白だった。

ただ、この段に到っても、レニーアは全力ではなかった。

彼女の全力は決してこの地上世界で発揮してはならない領域に達しているし、戦いの舞台が有人惑星の大気圏内となればなおさらだ。

しかし、指先一つだけでもレニーアの攻めと守りを突破した事実は、称賛を受けるべき偉業である。

――指先の傷一つ。

ヤーハームは事実を淡々と受け止めて、魂と肉体に溢れる軍神の力と、それに呼応して真の力を解放する神剣ガランダインを振るい、息もつかせぬ連続斬撃を放ち続ける。

全く同時に放たれたとしか思えない数十、数百の斬撃の嵐の中で、レニーアは嘲りよりも冷淡の印象を深めた瞳でヤーハームを見る。

――神通力はクリスティーナ以上、剣技はドラミナ以上、魔力はメルル以上、霊格も今の状態ならば龍吉を上回るか。地上世界の存在にしては、なかなかやりおるわ。

「ふむ、よろしい。お前は合格だ」

「はあああ!!」

隙が生じるのも構わず、大上段にガランダインを振り上げたヤーハームの懐に、魔王の目をもってしても映せない速さで動いたレニーアがいた。

「貴様をあのお方とその周りの者達の敵と認定する」

それは、アークレスト王国の者達に、ベルン男爵領でなければ――もっと言えばドランやクリスティーナ達でなければ倒せない、凄まじい敵だったと認識させる事を意味する。

すなわち、ドラン達の評価を高めるに相応しい〝踏み台〟あるいは〝かませ犬〟であると、レニーアはその価値を認めたのだ。

ヤーハームは自身の眼前にまで迫っていたレニーアへと斬撃の軌道の修正を試みる。それと同時に、疑似生命と意思を持つ軍神の鎧ヴァナリアが、襲い来る脅威に対し、最上位の防御魔法に匹敵する障壁を重ねて展開した。

ズン、と全てを圧する重圧が障壁越しにヤーハームの全身を襲い、彼の細胞の一片に到るまで例外なく凄まじい衝撃に襲われる。

彼の体はその場に留まる事が叶わず、そびえる尖塔《せんとう》の一つへと叩きつけられた。

ヤーハームは頭のてっぺんから手足の指先まで無数の蟻《あり》に噛みつかれたような痛みと痺《しび》れに襲われ、これは想像を超えるな、と苦笑を零す。

「なに、別に我慢出来ないものではないさ」

軽い調子で自分に語りかけて、尖塔の壁に半ば埋もれた体を起こせば、星と月の輝く闇夜を背に立つレニーアの瞳がこちらを見下ろしていた。

ヤーハームは本能的に理解した。

彼方の星まで覆い尽くす闇も、その中で輝く星も月も、目の前の少女にとってはどうとでも出来る有象無象でしかなく、それ故に、闇も星も彼女に怯えて傅《かしず》いているのだと。

「魔王ヤーハーム、並びにムンドゥス・カーヌスとやらよ。いずれ貴様らと雌雄《しゆう》を決する時、あのお方の傍に侍る私が、貴様らの終焉を見届けてやる。ふふん、貴様らは思ったよりもやる連中だが、その生命も武威も、全てあのお方の糧となると知れ。ふはははははは！」

魔の王を戴《いただ》く者達の都に轟《とどろ》くレニーアの高笑い。それに含まれる邪悪な意思のおぞましさ！ 百戦百勝の大将軍も千の危機と万の苦境を乗り越えた大英雄も、この笑い声を耳にして恐怖に膝を屈さずにいられるだろうか。

城のあちこちに撃墜された航空部隊の偽竜や飛行魔獣が倒れ伏し、魔六将マスフェロウは未だクレーターの中心で意識を失っている。

レニーアは一夜にして築かれた惨状を満足そうに見回し、自身はまるで悪夢であったかのように、ふっと、本当になんの前触れもなくその姿を消した。

それが痕跡を探る事も出来ないほど、用意周到な隠蔽《いんぺい》が施された上での空間転移だと認め、ヤーハームは壁に半ば埋もれながら起こしていた上半身を仰向けに倒した。

一方的に相手の意のままにやられたと評する他ない惨状ではあるが、あそこまで力の差があると、一周回って笑うしかなくなってしまう。

誰も聞いていないのを良い事にひとしきり笑ってから、ヤーハームは妙案を思いついたと、夜の静寂だけにその考えを教えた。

「ふむ、嫁に欲しいな」

魔王軍の関係者が耳にしたら、正気を失ったのかと疑いかねない爆弾発言だったが、ヤーハームは至って真面目である。

だからこそ、魔王軍関係者にとっては頭が痛いのだけれども。

†

レニーアの襲撃が魔王軍上層部を大混乱に陥らせた翌朝。

太陽は自分が空にいる間にあんな惨事が起きなくてよかったと、心から安心しているだろう。

彼の地で何が起きたのかを正確に把握している者は、ベルン男爵領内でも、ドランと常時稼働して監視体制を敷いているドラッドノートくらいのものだろうか。

ドランは昨夜の珍事？　いや、異常事態？　に関しては沈黙を貫いている。

ドラッドノートもまた、主たるクリスティーナにどう報告したものか散々悩み、ドランに相談の上で彼の対応に倣った為、セリナ達にこの話は伝わらなかった。

一方、レニーアは夜が明けぬうちにベルン男爵領に帰ってきていた。

焼きたての柔らかな白パンを何個も食べ、山と盛られた各種の野菜サラダや、冷製トマトのスープ、川魚の香草焼きを綺麗に平《たい》らげ、何度もおかわりしている。

ドランがこの場に同席している事と、昨夜、自分で自分を褒めたくなるほど良い仕事をしたという自負から、彼女は至って上機嫌だった。

長雨の後に、雲間から覗く青い空を見つけた時のように爽快な面持ちでお腹を膨らませていくレニーアの姿に、セリナは目をパチクリさせながら隣席のドランに話しかけた。

「今朝のレニーアさんはいつにも増して食欲旺盛《しょくよくおうせい》ですね。いつもはパンのお代わりは三個くらいなのに、今日はもう七個も食べていますよ。あ、八個目」

セリナの視線の先では、レニーアの手が小さく刻んだイチジクの果肉を混ぜた、握《にぎ》り拳大《こぶしだい》のパンを取っていた。

セリナからの視線を気にとめる様子もなく、レニーアはガラスの小鉢に盛られた色とりどりのジャムを適当にパンに塗りたくり、小さな口で少しずつ食べはじめる。

パンを食べている間にも、彼女の左手は搾りたての新鮮なミルクがいっぱいの大ジョッキを握っており、次に口に入れる物の用意は済んでいた。

ドランは我が娘の健啖家《けんたんか》ぶりに小さく笑みを零し、愛しいセリナに事情をぼんやりと誤魔化した答えを返した。

イリナやクシュリ、アズナル達が同席している以上、昨夜、単独で魔王軍に喧嘩を売りに行ったとは口にし難い。

「昨夜、遅くまで一人で体を動かしていたようだから、いつもよりお腹が減っているのだろう。ちょうど、体が大きくなる年頃でもあるしね」

「う～ん、昨日の夜はそんな気配はしなかったのですけれど、私達が気付かないように体を動かすくらいの事は、レニーアさんなら簡単に出来ますもんね」

セリナの青い瞳には納得が三と疑惑が七の割合で渦を巻いていた。

レニーアがただ体を動かすだけで済ませるはずがないと確信しているし、ドランはどうにも歯切れの悪い返答をしている。

この二点と、これまでの経験を照らし合わせて、正直に告げがたい事情があるのだと察するのは簡単だった。

しかしレニーアなら、ドランにとって悪い結果をもたらす事にはならないだろうとすぐさま結論付けて、セリナは自分の食事を再開させる。

クリスティーナやディアドラ、リネット達も、セリナと同じ結論に到り、ネルネシアやアズナル達との会話に集中していた。

そんな周囲からの興味や気配りには気付かぬまま、レニーアは時折ムフムフと気色の悪い笑い声を零しながら、目の前の皿を空にする作業に没頭する。

ヴァジェ、ウィンシャンテ、クラウボルトとの一戦でひとまずの目的を果たしたからか、それ以降、レニーアの模擬戦への参加率は低かった。

既に彼女は完成された強さの持ち主であり、竜種相手の模擬戦を重ねても、これ以上の成長は見込めない。仮に成長したとしても、競魔祭でその力を十全に揮えるわけもなかった。

その為、レニーアの模擬戦に参加する必要性がほとんどないのだ。

マノスとネルネシアは嬉々として、クシュリとアズナルは覚悟を決めて、竜種達を相手に、陽が沈むまでの時間を模擬戦に費やした。

時にはセリナやドラミナ、リネット、ガンデウス、キルリンネ、そして時間を作って顔を出したクリスティーナが相手をする事もある。

ガロア魔法学院の若き雄達が着々とその才能の芽を育てている一方で、レニーアは早々に仕事を片付けたドランと行動を共にするという幸福を享受する機会に恵まれた。

この約束はベルン村に来る前、ドランとクリスティーナに模擬戦を開催したい旨を伝えた時に、既に取り付けていたものだ。

明確に敵対視されている魔王軍やそれ以外の勢力との戦争を予期し、ベルン男爵領内の人間と物資の出入りは激しさを増している。

これに比例して、領主の補佐官であるドランの仕事量も着実に増えていた。

だがドランにも、せっかく来てくれたレニーアと特別な時間を作りたいという思いはある。そこでネルネシア達が模擬戦に没頭している間、二人は気ままにベルン村内を連れ立って出歩く事にした。

†

朝食を食べ終えたレニーアがドランを誘うと、快く承諾された。

イリナによると、その時のレニーアは、周囲に満開の花畑を広げたような状態だったらしい。

着替えを終えたドランは補佐官になってから定番となった、以前より少しだけ質を上げた白いシャツに、濃紺《のうこん》のベストとズボン、革靴という衣装だった。

レニーアはといえば、細かな植物模様の刺繍《ししゅう》が施された水色のパフスリーブのワンピースで、首周りには白い襟とリボンがあしらわれている。

長い黒髪はそのままに流しているが、夏らしく麦わら帽子がちょこんと頭に載っていた。

イリナやファティマがレニーアの為にとガロアで見繕《みつくろ》ったか、あるいは実家から送られてきた衣服であろう。

屋敷の正門前で待つドランの姿を認めたレニーアは、きめの細かな頬に恥じらいと悦びの朱色を昇らせて、小走りに駆け寄る。

親としての贔屓目が大いにあるドランは、愛娘の大変愛らしい姿に頬を緩めた。

魂の素性を知らない者からすれば、交際を始めたばかりの初々《ういうい》しい恋人としか見えない二人であり、お互いに父親と娘と思い合っているとは誰も看破出来ないだろう。

「おと——ドランさん、お待たせしました」

「君の為ならいくらでも待つとも。気にしなくていいよ。今日はいつにも増して随分と愛らしい装《よそお》いだ。特別に用意したのかい？」

「はい。イリナに相談したところ、ファティマやシエラ達も口を挟んで——いえ、快く手を貸して

くれました。如何《いかが》でしょうか？　ドランさんのお傍にいるのに、不適切な格好でなければよいのですが……」

レニーアは頭の上に載せた麦わら帽子の鍔《つば》を両手で掴み、不安そうな表情でドランを見上げた。八の字に下げられた眉に、不安げに揺れる大粒の黒い宝石のような瞳からは、この人に嫌われたくない、褒められたいと胸一杯に秘めた想いが読み取れる。

今やレニーアへの情にすっかりと絆《ほだ》されて、立派な親馬鹿へと変わっていたドランは、満面の笑みで応える。

「レニーアはいつだって可愛いが、今は一層愛らしい女の子だよ。ましてや今日の為にお洒落に気を遣ってくれたのだから、喜びもひとしおというものだよ。私の方こそ普段と変わらない装いで申し訳なく思う」

「いいえ、ドランさんは普段は補佐官としての責務にお忙しいお方。私との時間をお作りいただけただけでもありがたいです。それ以上を望むなど、天に唾を吐くが如き愚挙。私はドランさんと二人でいられるだけで、天上楽土のさらにその先へと到らんばかりの幸福を覚えております」

相も変わらず狂信と盲信と妄信が熱烈に肩を組み合った、ドランに対する親愛と崇敬の情の凄まじさが窺える台詞であった。

レニーアには慣れたつもりのドランも、こうした過剰な美辞麗句《びじれいく》ばかりはまだ抵抗がある。いつか治してはくれまいかという期待と、これはもう無理かという諦めを、半分ずつ抱いている。

「レニーアが喜んでくれるのなら、私にとってはそれが一番だな。さて、まずはどこから行こうか。日々、新しい人がやって来てくれるおかげで、ベルンも大分広くなった。夕暮れ前には戻らないと、模擬戦に参加している皆に文句を言われてもおかしくはないからね」

「有象無象からの言葉など耳を傾ける価値はありませんが、イリナやファティマ達からの文句では、心に刺さりますからね。まあ、文句というほどの文句ではないでしょうし、二人で楽しめた？　とか、むしろこちらを気遣う言葉が出てくるでしょう。そちらの方がこちらとしてはいたたまれない気持ちにさせられますね」

「流石にイリナ達は別枠か。だが私も同じ意見だよ。夕飯は一緒にとりたいし、出来れば模擬戦が一段落したところで差し入れを持っていけるように、行動してみようか」

そう告げたドランと共にレニーアは正門から離れ、村内南西部の商業区画を目指して歩きはじめた。

人力車や小型の乗合馬車などもあるが、まだ朝食直後の早い時間帯なので、二人はのんびりと肩を並べて歩いていく事を選んだ。

「そうですな。特にクシュリと青猫は初日で発破をかけたのが功を奏したのか、私の予想以上に奮闘しておりますし、差し入れの一つくらいやってもいいでしょう」

「はは、こう言っては心外かもしれないが、君にしては優しい対応をしているね。やはり、後輩は可愛いものかな？」

「ただの後輩なら可愛くなどはありません――いえ、名前や顔を覚えるにも値しません。見どころのある者にはそれ相応の対応をしているだけでございます。クシュリと青猫は未熟ですし、時々へたれもしますが、それでも折れずに今日まで私についてきていますから、見どころのある後輩だとは思っております。奴らの努力に報いを与えれば、アレらはさらに奮起して努力いたしますし。飴と鞭と言うのでしたかな」

「飴と鞭か。いささか鞭が強すぎる気もするが、その分、彼らが飴を甘く感じているのかもしれないな。今年の競魔祭は君の指導の手腕も見られるかもしれないのか。それは楽しみだ」

「ドランさんに楽しみにしていただけるのなら、私にとってそれが何より重大な使命です。見事、クシュリと青猫はいっぱしの戦士に鍛え上げてご覧に入れましょう！　具体的には、他所の魔法学院の誰と当たっても勝利し、競魔祭二連覇を成し遂げられる強さに！」

キラキラと、それこそ太陽の光を反射する海面のような輝きを宿したレニーアの瞳。

ドランは余計な事を口にしてしまったと痛感し、クシュリとアズナルに心の中で深く頭を下げた。

（すまない、私の考えが浅かったばかりに、君達には更なる試練が怒涛の如く襲いかかってくるかもしれない。私の方でも出来る限り手助けはするが、それでもすまない）

このような具合に、ドランは内心で二人に謝罪の言葉を重ねていたが、レニーアは自分が期待されたという事実に頭と胸がいっぱいで、まるで気付いていなかった。

ドラン達とすれ違う通行人や商人達の中には、領主の補佐官が、見目麗しい貴種と思《おぼ》しき少女と二人で行動している事に目を丸くしたり、笑みを浮かべたりする者もいる。

今後繋がりを持つべき相手を見定める絶好の機会とも言えるが、レニーアが叩きつけんばかりに放つ幸せそうな雰囲気に押されて、接触を持つ事は自然と憚《はばか》られた。

なお、おやおやと温かに見守っていた者の何割かは、レニーアの実家から派遣された裏仕事用の人材や懇意の冒険者達である。

ドランは、レニーアの両親にお互いに恋愛感情はないと告げていたのだが、やはりブラスターブラスト家にとって、彼が婿候補筆頭であるのは変わらないらしい。

ドランはこれ以上クシュリ達の話題を口にするのは避けた方が良いと判断し、違う話題を探しはじめる。

「そういえば、昨日の夜はどこまで散歩に出かけたのかな？　あまり夜更かしは勧められないが」

昨夜の事は把握しているよ？　と、ドランに言外に伝えられたものの、レニーアはむしろ誇らしげに胸を張った。

ドランならば昨夜の事情など全て把握していると信じ切っているし、自分のした事に関しても、まるで負い目を感じていないのは明らかだ。

「昨夜、なかなか寝つけず部屋の窓から星空を眺めておりましたが、なんとも気分の良い夜なので、不用心とは思いつつも少々夜歩きに出たのです。昼とは異なり、夜の闇に包まれた花の香り、目を覚ました虫や鳥達の幾重にも重なった鳴き声や吐息、月の冷気を浴びる石の交わす囁《ささや》きや樹木の話声。こうしたものに耳を傾けるのは、魔法使いならば初歩中の初歩ですし、気分を落ち着かせるのにもちょうど良かったのです」

「そうか、枕が変わると眠れない人もいるし、寝付けない事もあるだろう。それで、散歩をして気分を落ち着かせたというだけなのかい？」

「いえ、少しばかり話は続きます。私は西の方に足を向けてみようと思い立ち、勝手ながら屋敷を離れました。今やこのベルンは賑わいに満ちておりますが、一旦村を出れば、そこに広がるのは人跡のない荒涼《こうりょう》たる大地ばかり。果たしてこの大地の先には何がいるのだろうかと、そんな事を思いながら黒い闇の中に呑まれた西の地の果てを見ていました」

直接的にムンドゥス・カーヌスの都に襲撃を仕掛けたと明言しないのは、領主の補佐官とその連れの会話に耳をそばだてている者達を考慮して、というのがほんの僅か。

そのほとんどは、ドランとこの些細《ささい》な言葉遊びを楽しみたいという、あどけなく裏のない理由が占めていた。

父親とのささやかな触れ合いに喜びを見出す、娘としての心境によるものなのだった。

「褒められた話ではないが、年頃の婦女子が云々とは言わないでおこう。それで黒い闇の先には楽しい何かがあったのかい？　人間は、見えないといたずらに想像力を働かせて、自ら恐怖を生み出してしまうものだが……君の場合は、余計な心配だったな」

「闇夜に何が潜んでいようと、私に恐れる道理はございません。しばしは変わらぬ闇が続き、神々に建てられた塔と、その麓《ふもと》に固まる灯りを遠目に眺めながら進めば、そこには夜空の星が地上に降りてきたような光が見えたのです」

ドランは一瞬だけ真剣な表情を浮かべ、ふむ……と、いつもの口癖を呟いてから、話の続きを促した。

二人が暗黒の荒野を本拠地とする魔王の軍勢に関する話をしているなどと、一体誰が気付けるだろう。

薄々察せられたとして、レニーアが一夜のうちに単独で暗黒の荒野を横断し、さらには最近噂になっていた魔王軍を相手に一暴れしてきたなど、信じられるはずがない。

「空には不愉快な鳴き声を発する奇怪な生き物が何匹もいて、それらの背には人型の影と見える者共が跨《また》がっていました。私を見つけて群がってくる奴らを軽く撫でてやり、どんどんと進んで行くと、奴らの巣に辿り着いたのです。生意気な事に、なかなかに見事な巣でしたが、警備は実にお粗末で、私がこっそりと忍び入り、そこの主の寝所まで来てから、ようやく慌て出す有様」

「むざむざと女王蟻か女王蜂の所まで通してしまったわけか。警護の者達は職を失う羽目になったかもしれないね」

「職務怠慢《しょくむたいまん》ですから、自業自得でしょう。そうそう、巣の主は雌ではなく雄でした。私が姿を見せても動じることなく落ち着き払っておりましたから、なかなか肝の据わった奴と言えましょう」

「ふむ、君がそこまで評価するのなら、こちらも腰を据える必要がある相手か」

「誰が対応するかによりましょう。まあ、ベルン男爵領ならば問題にならぬ相手でございますよ。巣の主の周りに鬱陶《うっとう》しい羽虫が数匹ブンブンと音を立ててたかっておりますが、それらも容赦なく叩き落とせばよいのです」

相変わらず物騒かつ過激なレニーアの発言の中で、ドランは一つ気になった言葉を問うた。

「レニーア、ベルンなら問題がない、それで相違ないのだね」

「はい。ベルンなら対処出来るでしょうから、問題はないと判断します」

「そこまでか。君が直接見てそう判断したのなら、そうなのだろう。ありがとう、レニーア」

「いいえ、つまらぬ話でドランさんのお心を煩わせてしまわないかと危惧しておりましたが、お役に立てたのならば何よりです」

レニーアはそう言って晴れやかに笑ったが、彼女がドランに告げていない事がある。

もっとも、彼女自身も知らない情報であるから、伝えようがなかったのだが。

よもや巣の主こと魔王ヤーハームがレニーアを自らの嫁にと望んでいるなどと、誰が想像しようか！

この時レニーアは、夢にも思っていなかったし、ドランもまさかそんな事があるとは思ってもいなかった。

†

三泊四日の強化合宿は、参加したクシュリとアズナルが時折死んだ魚の目になっていたのを除けば、実に順風満帆に進み、無事に終わりを迎えた。

仕事がある関係上、クリスティーナとドランはレニーア達につきっきりというわけにはいかなかったが、実戦形式の特訓は凄まじい質を維持し続けた。

これは、セリナやディアドラ、リネット達、そしてモレス山脈の竜種達を含む誰かしらが、常に若人達の合宿に付き合ったお蔭である。

王国内にある他の四つの魔法学院の代表選手達も、競魔祭に向けて日夜血の汗を流しているはずだが、ガロア魔法学院ほどの質の高い特訓を行えた者達はまずいないだろう。

ドラン達からすると、クシュリとアズナルの頑張りは思わず涙を誘われるものがあった。

同時に、レニーアが最後の最後まで〝短時間だけなら竜種を上回る超火力を発揮出来るが燃費は劣悪〟という設定を守りきったのも驚きだった。

かつては――いや、今も傍若無人《ぼうじゃくぶじん》で他者の心情にほとんど配慮しない暴君ではあるが、あのレニーアが、四日間堪忍袋の緒を引き千切らずに終えたのである。

彼女の気性を知る者がどうしてこの〝大偉業〟に感嘆せずにいられようか。

若干親馬鹿を拗らせているドランは、レニーアのちょっとした成長でもいちいち感動してしまう。

セリナやドラミナなどは、そろそろレニーアの精神的成長をきちんと評価してあげて、いちいち感動しないようにするべきではないか、と思っているのだが。

†

朝食を済ませたレニーア達は、来た時と同様に特急便を利用してガロア魔法学院へと帰還する時刻を迎えていた。

レニーアを筆頭に、ネルネシアやファティマらが、クリスティーナの屋敷の玄関でドラン達と別れの挨拶を交わしている。

彼女達の足元には、あれもこれもとドラン達から渡された大量の土産《みやげ》を包んだ布袋や鞄が置かれている。

ドラン達としては馬車の駅まで見送りに行きたいところだったが、多くの利用客で賑わう駅に領主一行が顔を見せれば騒ぎになりかねないと配慮し、玄関先での別れとなった。

この別れに哀切《あいせつ》は不要と言わんばかりに空は青く晴れ渡り、宝石箱をひっくり返したように眩《まばゆ》い陽光が燦々《さんさん》と降り注ぐ。

最もベルン村行きを楽しみにしていたレニーアが、ベルン村から離れるのに駄々《だだ》をこねるものと思われたが、意外にも彼女は落ち着いていた。

久しぶりにドランと会えた事で、これまで募りに募らせていた鬱積《うっせき》が解消されたようで、ドラン達を前に満面の笑みを浮かべている。

クシュリとアズナルも流石にこの合宿の間でレニーアの笑顔に見慣れたようで、既に驚きの表情を浮かべる事もなくなっている。

ガロアの生徒達を代表して、レニーアが別れの口上を切り出した。

「この四日間、大変お世話になりました。お忙しい中、未熟な我らの申し出を快く引き受けてくださったお蔭で、着実に力を蓄える事が叶いました。無事に競魔祭が催された折には、昨年のドランさん達のご活躍に恥じぬ成果を残してご覧に入れましょう」

あえて〝無事に〟とレニーアが口にしたのは、現在アークレスト王国を取り囲む不穏な情勢を理解しているからだろう。

西のロマル帝国、東の轟国と高羅斗国《こらとこく》、北の暗黒の荒野、どれも競魔祭までの数ヵ月の間に爆発してもおかしくはない、特大の爆弾だ。

それらが爆発した影響で、競魔祭が中止になる可能性は充分にある。

その場合、ドランに活躍を見せる機会が失われたとレニーアが怒髪天《どはつてん》を衝《つ》き、そして戦場でそれ以上の武勲《ぶくん》を立てればよいと考えて屍の山を築くのは、想像するに容易《たやす》い。

「役に立てて何よりだよ。後輩達の力になれたのなら、先輩冥利《せんぱいみょうり》に尽きると言うものだ。モレス山脈の竜種達との交流にもなったし、私達としても実益のある四日間だったよ」

クリスティーナの言葉を受け、レニーアは得意げに胸を張る。

「そうでしたなら、私としましても鼻が高いですな。クシュリ、青猫、お前達もきちんと礼をするのだぞ。偉大にして寛大なる先達のご厚意に甘えさせていただいた四日間だったのだからな！」

こういった物言いが一向に治る様子のないレニーアに、クシュリとアズナルは揃って苦笑する。

しかし、意外にこの小さな暴君が面倒見の良さも併せ持っている事をこの四日間で知れたお蔭で、その表情から恐れや戦慄の割合が大きく減っていた。

「言われるまでもないですよ。男爵様だけじゃなく、ベルンの皆さんには、こっちが申し訳なくなるくらいに良くしてもらっていますからね。これで結果に繋がらなきゃ、情けなさで自分を軽蔑しますわ」

「全くその通りです。これだけ手厚く準備していただいて、さらに複数の竜種という常識では考えられない特訓相手まで手配してもらいました。学院の外部からここまで協力を得られる事は、なかなかないと思いますよ。別に、重圧を感じているわけではありませんが、ほどよい緊張感が全身に行き渡っていますね。この調子を競魔祭本番まで維持出来れば、確実に結果を残せます。そう言っては慢心でしょうか？」

合宿に来る前と比較すれば、確固たる自信を自分の中に持った顔になっているクシュリとアズナルだった。

あまり接する時間はなかったが、クリスティーナにとっても成長が楽しみな後輩なのは間違いない。

彼女は微笑しながら激励の言葉を掛ける。

「私の目から見ても、随分と頼もしくなったと思うよ。我が王国の魔法学院の質は高いが、それ故に他の魔法学院の生徒達も実力者揃いだ。男爵の立場からするとありがたいが、ガロア魔法学院の卒業生としては厄介だな。君達には是非とも、他校の実力者を前にしても萎縮するのではなく、腕の振るい甲斐があると奮起して試合に臨んでくれるよう願っているよ」

今は外見を醜く変えるアグルルアの腕輪を装着しているクリスティーナだが、それでも絶世の美少女である事には変わらない。

そんなベルン男爵に微笑みかけられたクシュリとアズナルは、分かりやすく上機嫌になる。

ただアズナルに関しては、レニーアに期待を寄せられる方がより発奮しただろうと、この場にいるほぼ全員が理解していた。

彼はまず、レニーアに青猫というあだ名ではなく、名前で呼んでもらえるように努力する必要がありそうだ。

もっとも、名前で呼ぶなり使える奴と認めてもらうなりしたとして、それで果たして彼の望んでいる関係になれるかというと、極めて難しいと言わざるを得ないのだが。

アズナルがこれから歩む苦難の歩みに、多くの者達が同情した。

そんな中、ネルネシアがいつもの無表情に少しだけ違う色を加えて、クリスティーナとドラン達だけに聞こえる小さな声で話しかける。

「ロマルと高羅斗の騒乱が次の段階に移りつつある。ベルンにはそうそう影響はないと思うけれど、覚えておいて」

「分かった。兵を出せとは言われないだろうが、物流や人の流れには影響が出そうだ。観光で経済を成り立たせようとしているうちとしては、迷惑な話だよ。それに人死にの出る話は、耳にして愉快なものでもないしね」

「国家の威信と個人の欲望が強く絡み合っている以上は、国家規模の動向が多くの人間の人生を左右するのは仕方ない話。クリスティーナ先輩が責任を負うべきなのは、このベルンの地の人々だけ。それ以外の土地の人間にまで、責任を感じる必要はない」

「ふふ、ありがとう。やはりネルは優しい子だ。自分に出来る事をきちんと理解して、身の丈に合わない真似をしないように気をつけるよ」

クリスティーナの返答に満足したのか、ネルネシアはほんの僅かに口角を上げる。

「ん、それでいい。責任を負いすぎるのも、負うべき責任から目を逸らすのも良くない。それと、クリスティーナ先輩の周りにはドランをはじめ、有能で頼りになる人材ばかり。だから、恥ずかしがらずに周りを頼って」

「それはドラン達にも口癖のように言われているな。何か迷ったら相談して、一緒に考えよう、自分達に頼ってほしいとね。なあに、私も自分一人の考えで領地経営が出来るほど優れた人間だなどと、思い上がってはいないからね」

「ん、クリスティーナ先輩達、皆一緒でなら、困った事態に直面しても、最後には絶対に上手くいくから大丈夫」

大貴族の令嬢であるネルネシアが、透き通るように綺麗な微笑と共に告げた言葉に、クリスティーナはほっと安堵しながら、笑みを返した。

こうしてガロア魔法学院の競魔祭出場予定選手達の、ベルン男爵領における三泊四日の強化合宿は終わりを迎えた。

レニーアが秘密裏に魔王軍と接触を持った事は闇に秘されたままに。

第六章――――運命の車輪が回る

強化合宿を終えたレニーア達がガロア魔法学院へと帰還して数日後の王都アレクラフティア。

ここは、数百年もの昔にアークレスト王国を建国した一人の冒険者が、国家の心臓たる地として定めた土地である。

その都に建築された国家の象徴たる王城は、歴代の国王達の居城として増築と改築を繰り返しながら、時代に合わせてその姿を変えてきた。

アークレスト王国で最も貴い血統を受け継ぐ王族が住まうこの城の一画に、最上の腕前と確かな素性の職人達が毎日手入れを欠かさずに維持している緑の庭園がある。

石の通路と細い水路がさながら迷路のように交差し、緑の木々と季節を彩る花々は芸術作品と呼んで差し支えのない繊細さで整えられている。

地下水脈を利用して作られた人工の小さな池のほとりに立つ瀟洒《しょうしゃ》な東屋《あずまや》に、三つの人影があった。

深緑色のドレス姿の犬人《いぬびと》の女性と、どうやら男装しているつもりなのかシルクの光沢が眩いシャツに赤いジャケットを重ね着した狐人《きつねびと》の女性。

そして浅黄色のドレスを纏い、誰かの庇護がなければ今にも枯れてしまいそうな、儚《はかな》さという概念が人間になったかのような人間の女性の三名である。

奇妙な緊張感に満ちた三人は、何やら言い合いの最中らしい。

犬人を庇った狐人が、自分なりに精一杯凛々《りり》しさを意識した顔を作りながら、人間の女性に――本人としては敢然《かんぜん》と――他者からは棒読みとしか聞こえない台詞を口にした。

「アムリア、今日をもって君との婚約を破棄する！」

狐人に糾弾《きゅうだん》された人間の女性――アムリアは、手に持っていた扇子《せんす》を広げて口元を隠すと、すっと目を細めて、あくどい女性らしく聞こえるように声を作って応戦する。

「まあ、私の耳がどうにかなってしまったのかしら？　風香様《ふうこさま》、お戯《たわむ》れも時と場所をお考えにならないと……」

「戯れなどではない。アムリア、君は父と母が決めた幼い頃からの婚約者だ。我が家の面目の為にとこれまで我慢してきたが、君のこれまでの行いは目に余る。家格を笠に着た傲慢極まりない言動、使用人ばかりでなく同じ学校の生徒達すら下に見て人間扱いしない態度、婚約者たる私に対する度重なる讒言《ざんげん》の数々」

大根芝居を続ける風香に庇われている犬人もまた、下手っぴながらにあらん限りの演技力を導入して、気弱な女性を演じている。

どうやら、貴族の子弟らが通う学校の中にある庭園での一幕という設定らしい。

おそらく三人以外にも他の生徒や教師がいるという体《てい》でのやり取りなのだろう。

「貴族として、自らの背負った家名の重さを自覚し、それに相応しい態度を心掛けていたまでですわ。風香様の目に傲慢としか映らなかったのは残念ですけれど。それと、いつ私が人間扱いをしていなかったのでしょうか？」

風香の方は大根役者と謗られても仕方ないが、これを受けるアムリアは、なかなか堂《どう》に入《い》った演技をしている。

故あってアークレスト王国がその身を預かっているロマル帝国皇女アムリアは以前、ロマル帝国で長い軟禁生活を送っていた。

その際に、本の世界に没入しては、その登場人物達に感情移入していた成果が、今発揮されているのかもしれない。

アムリアは淀みなく長台詞を続ける。

「付け加えますと、ここは単なる学びの場ではなく、これからの国政を担う若き貴族達の通う場。お互いの血縁、所領の関係、派閥、およそ考え得るありとあらゆる要素を考慮した上で、関係を築く必要があります。残念ながら、中にはそれを理解しておられない方がいらっしゃいますから、それとなく注意させていただきました。その行いが相手を人間扱いしていないと言うのなら、それは心外というもの。私はあくまで、貴族に相応しくない振る舞いである、より深く考えを巡らせる必要があると、誠意をもって説いたつもりですわ」

アムリアの見事な役者ぶりに、八千代《やちよ》と風香は、時折、ひえぇ、と情けない声を上げている。ロマル帝国でドランと出会った時から、何一つ変わっていない、へっぽこにしてぽんこつたる二人だ。

「くくく、口だけは達者だな、アムリア。素直に己の非を認めてこれからの人生を賭して贖罪《しょくざい》に費やすと宣言すれば、温情をかけようと思ったものを。お前の非道、外道で殊更に許せないのは、この八千代にまで害を及ぼした事だ。彼女が男爵家の令嬢だからか？　天真爛漫《てんしんらんまん》な彼女に人望が集まるのが気に障ったか？　それとも、私が彼女に心惹かれていく様子が気に食わなかったか!?　彼女への陰湿な嫌がらせに、心ない言動の数々、そのような卑劣な行いをする者は、私の婚約者として相応しくない！　故に、お前との婚約を破棄すると、そう断言したのだ！」

「アムリア様、どうか婚約の破棄と御自分の間違いをお認めになってください。そうすれば、風香様もご温情を掛けて、ひどい事にならないようにしてください」

風香よりは幾分かそれらしく聞こえる声で、八千代がアムリアを諌《いさ》めた。

「ああ、八千代、あのような真似をしたアムリアに対してまで、君はなんと優しいのだろうか。君のその優しさに私は救われたのだ。これからもどうか私の傍で野に咲く花のよう可憐に、夜空に輝く月のように美しくあってくれ！」

風香は彼女を振り返って優しく抱きしめてみせた。

一応は、嫉妬の炎に身を焦がす心ない婚約者との関係を断ち切り、真実の愛を選んだ二人という役割である。

「風香様！」

「八千代！」

互いの名前を呼び、固く抱き合う二人の姿を、少し離れたテーブルから眺めていた者達の内の一人——アークレスト王国王太子スペリオンが、懐かしそうに目を細める。

「私達の小さい頃に流行った『真実の愛ごっこ』か。いやはや、懐かしいな。風香は少し……うん、まあ、少し固いが、アムリアと八千代はなかなかにお芝居が上手だな」

アムリアとその友人兼護衛の八千代、風香の三人が今日も今日とて暇潰しにお芝居をして遊んでいる光景を、スペリオンは完全に保護者の目線で見守っていた。

スペリオンをはじめ、アムリア達の日常風景を知っている者のほとんどは、彼女達の外見と中身が釣り合っていないと感じている。

肉体的にはおおよそ二十歳前後のアムリア達だが、精神の方はそこから十歳程度引いた年齢が妥当に思える。

確かに、生まれた時から外界から隔てられた山中で幽閉《ゆうへい》されてきたアムリアの境遇を考えると、仕方がないとも言える。

しかし、故郷を飛び出し、海を越えて漂着した異国で逞《たくま》しく生き抜いてきた八千代と風香は、もっと落ち着いていてもおかしくはない。

ところが、この三人が一緒になると、精神がアムリアに引っ張られるのか、二人ともそれこそ子犬のようになって遊んでいるばかりだ。

一応彼女達も、近衛騎士や警護の者達との合同鍛錬の時などは、真面目な顔をこしらえて苛烈な訓練にも弱音を吐かずに耐えているのだが、三人一緒になるとどうにも……

スペリオンの記憶しているごっこ遊びでは、ここでアムリアが演じている愚かな婚約者が失言なり醜態《しゅうたい》なりを晒し、その地位を失うすはずだった。

芳しい香りのハーブティーに口を付けつつ見守っていると、アムリアがつらつらと言葉を並べたてて、逆に八千代と風香が狼狽《ろうばい》している。

おや？　風向きが変わったぞ、とスペリオンは首を捻る。

それを見て、今日のお茶会に同席している妹フラウが、コロコロと鈴を転がしたように笑って、兄の疑問に対する答えを告げる。

「アムリアさん達がなさっているのは、お兄様の仰った『真実の愛ごっこ』ではなく、『愚か者の婚約破棄ごっこ』ですわ」

スペリオンが幼少のみぎりに流行ったのが『真実の愛ごっこ』だが、妹の語るものはどうやら違うらしい。

王位を継ぐものとして幼少期から勉学などに追われていた彼は、それ以降にどんなものが流行ったのか記憶になかった。

「婚約破棄するのは変わらないようだが……ふむ、見ている限り、令嬢役のアムリアの方が主役の立場になるのかい？」

「『真実の愛ごっこ』なら、このまま八千代さんと風香さんが新しい婚約者同士となり、結ばれてめでたしめでたしとなります。ですが、『愚か者の婚約破棄ごっこ』となりますと、だいぶ異なりますの。自分達の立場や責任を弁えずに衆目の集まる場で、家にも相談せず独断で婚約を破棄した風香さんと八千代さんが、逆にアムリアさんに追及されてしまいます。アムリアさんは二人を理路整然と論破し、自身に全く非がない事を証明してみせるのです。最終的に、家の後継者として問題ありとされた風香さんが継承権を剥奪《はくだつ》され、実は他の殿方達とも関係のあった八千代さんは僻地《へきち》の修道院等で生涯幽閉。アムリアさんは新しい婚約者を得て幸せに暮らす、という結末になるのが一般的かしら」

「それはまた『真実の愛ごっこ』よりも余程恐ろしいというか、とんでもない遊びが最近では流行っているのだな」

王族に限らず、貴族にとっても、婚約破棄という言葉は耳にしただけでひやっとするものである。また独断で家の決定を覆すなど、現実ではそうそうあってはならない。

ごっこ遊びとはいえ、よくもまあこんな筋書きの話が流行したものだと、スペリオンは本気で呆れそうになった。

「我が国のような気風でなければ、そうそう流行る遊びではなかったでしょう。それにしても、アムリアさん達は一体どこで覚えられたのでしょうね？」

「フラウと一緒に遊んだ時など、私は男の婚約者の役が多かったが、今、アムリア達がやっている遊びの中では、無能な婚約者役になるのか。私達の小さい頃にあの遊びが流行らなくてよかったと思うよ」

ちなみに、傍らで控えているスペリオンの専任騎士シャルドも、幼少期から仕えていた為、このごっこ遊びに付き合わされている。

スペリオンとの関係性をほとんどそのままに、婚約者の親友か従者役をやらされる事が多かった。

今、アムリア達が興じている『愚か者の婚約破棄ごっこ』だったら、シャルドは八千代が演じている女性に恋する複数の男の内の一人になるだろう。

フラウ曰く、大抵は王族か公爵家をはじめとした大貴族の子息、宰相《さいしょう》ないしは大臣の息子、魔法師団長や騎士団長の息子など、次世代の国家の中核をなす人物達が断罪されるらしい。そんな遊びが流行っていいのかと、スペリオンは心の中でますます頭を抱えた。

「最近では、糾弾されていた側の女性がどれだけ理路整然と有無を言わさぬ反論を述べられるか、その舌鋒《ぜっぽう》の鋭さを競う傾向にあるとか」

「それは、なんだかごっこ遊びの目的が迷走しているように思えるのだが……」

「目的など、実際に遊びに興じる方次第でいくらでも変わりますわ、お兄様」

「まあ、そうなるか。アムリア達があのような遊びに興じている事は父上の耳にも入っているだろうし、それでも放置されているならば、問題ないと判断されたに違いない。それにしても、私がこの前見た時は、三人仲良くベンチに腰掛けて編み物をしたり、お互いの髪の毛で色々な髪形を試したりと、もっと穏便な時間の過ごし方をしていたのだがな」

ドラン達に何度も念を押された上でアムリア達の身柄を預かっているスペリオンは、自身が口にした以上にアムリア達の事を気遣っていた。

王太子としての勉学と執務の合間を縫《ぬ》っては足繁《あししげ》く彼女らのもとに通い、友愛の情を深めてきたが、寸劇に勤しむアムリア達というのは、今まで目にした覚えがなかった。

「八千代と風香と一緒に遠乗りに出掛けたり、登山に出掛けたりする姿は見ていたが、お芝居は初めてだ。それとも流行りものに弱いのかな？」

「どうでしょう？　お三方ともこの辺りの文化とは縁遠かったようですし、目につくものがなんでも目新しくて、好奇心に突き動かされているのではないでしょうか。いずれにせよ、警護の関係もあって、あまりお城の外にはお連れ出来ませんから、ああして塞ぎ込む様子もなく遊んでいる姿を見ていると安心いたします」

「フラウの言う通りだな。特にアムリアは初めて会った時と比べると別人のように明るくなった。それまでの境遇を考えれば、八千代達の願った通りに、連れ出してよかったと思えるよ」

そう言って優しげに、そして誇らしげに笑う兄を、フラウは慈《いつく》しむように見ていた。

ただし唇を突いて出た言葉は案外辛辣《しんらつ》だった。

この王女も――他所の国と比べると若干頭のネジの締め方が変わっていると評判の――アークレスト王家の一員らしい。

「ドランさん達がいなければとても連れ出せなかったでしょうに……と申し上げては、お兄様のご気分を害しますでしょうか？」

「ううむ、害しはしないが、あの時の我が身の役立たずぶりを思い出して情けなくなる。ロマル帝国十《じゅう》二《に》翼将《よくしょう》のうち、複数名を相手にして、五体満足で無事に帰って来られたのは、ドラン達の力あったればこそだ。彼らに護衛を頼んで良かったと、今でも心の底から思うよ。私の中では、ともすればメルルよりも頼りになると評価している。歳の近い同性という気安さもあるし、ドラン達は私に対して必要以上に物怖《ものお》じする事も緊張する事もないから、居心地が大変よいのも事実だ」

スペリオンは身分の違いを明確に理解した上で、ドランやクリスティーナ達に対して友情を抱いていると断言して構わないだろう。

ただし、ドランの魂の素性は知らない、という前提が加わるが。

聡明かつ社交的で次期国王としての重責を理解しているスペリオンは、幼い頃から広く交流を持ち、あちこちに協力者ないしは友人を持っている。その中でもある意味では最高の、ある意味では最悪の友がドランなのだが、スペリオンにその自覚はない。

彼がアムリアに対して不埒《ふらち》な真似をすれば、即座に〝野良の白竜《ドラン》〟による襲撃と、アムリア、八千代、風香の誘拐劇が発生するだろう。

とはいえ、今の様子を見ている限り、今後もそうした事態は心配しなくてよさそうだ。

このように続ける事こそ、スペリオンが無自覚ながら、ドランに対して自身の誠意を証明する最良の手立てでもあった。

なんとも奇妙な縁を結んだ二人である。

「うふふ、お兄様はすっかりドランさんの事がお気に召しておいでですのね。でも、私もクリスティーナさんの事を考えると、人の事は言えなくなりますわ」

フラウはクリスティーナの名前を口にした途端、ほうっと蕩《とろ》けるような吐息を零した。

スペリオンだけでなく、シャルドや、近くで控えていたメイド達は困ったように溜息をつき、あるいはクリスティーナの顔を知っている者達は、同じく恍惚《こうこつ》の吐息を零した。

今のところ、フラウのクリスティーナに向けた感情は恋愛方面へは伸びておらず、崇敬や心酔と呼ぶべきものだが、こちらはこちらで、お互いの立場を考えると厄介なものだ。

フラウが真っ当な判断力と理性を堅持しているから問題にはなっていないが、将来彼女の伴侶となる人物には気の毒である。

また、クリスティーナの方も王女の寵愛《ちょうあい》を利用して自己の利権と得ようとする人間ではない事、むしろそんな発想すら出てこない人格の主であったのは幸いだ。

「それでお兄様、アムリアさん達を一時的にベルンにお預けするというお話ですけれど、本当にそうなさるのですか？」

「ああ。ロマルの情勢が大きく動いた。皇弟と皇女の争いが終結に向けて加速する段階に入ったよ。そのせいで、アムリアの価値も高まってしまった。こちらにアークウィッチ・メルルの守りがあったとしても、彼女の身柄を狙う動きが出てきてもおかしくはない。それに、メルルを王都から移動させざるを得ない状況に持ち込まれる可能性も充分にある」

スペリオンは真剣な表情で妹に状況説明を続ける。

「ベルンもムンドゥス・カーヌスと呼ばれる勢力との激突が予想されている。だが、ガロア総督府には迅速に戦力を派遣出来るよう準備させているし、何よりドラン達の傍にいれば、万軍も十二翼将も恐れる道理はない。ロマル帝国からの干渉が一段落するまでは、アムリアの行方《ゆくえ》を眩《くら》ませ、時間を稼ぐ意味合いも含めて、ベルンに預けるのは悪くない選択肢だ」

ディファラクシー聖法王国の仕掛けた洗脳の雨と、神々との交信途絶による混乱が沈静化した後、アークレスト王国の北のみならず東西でも無視出来ない動きが起きていた。

東の高羅斗国は轟国と繋がっていた自国の重臣達の粛清《しゅくせい》を終え、再度軍備増強を始めている。

西のロマル帝国では皇弟派が帝国南部の反乱勢力の大規模討伐に乗り出し、その勢いを借りて皇女派との決戦を目論《もくろ》んでいると噂されている。

隠されていたとはいえ、皇弟派にとって前皇帝の実の娘であるアムリアは、権力基盤の強化にも、あるいは双子の第一皇女の身代わりとしてもいいように使える美味しい駒だ。

是が非でも、とまで考えているかは怪しいが、アークレスト王国に潜らせていた間諜《かんちょう》を犠牲《ぎせい》にしてでも手に入れたがるくらいの価値は見出しているだろう。

だからこそ危険を避ける為に、アムリアをベルンへと預ける話が秘密裏に進められているのだ。

「名目上は、再開された北部辺境開拓計画の現状を王家の人間が直接視察するというもので、宣伝を兼ねたこの視察に、アムリアさん達をこっそりと同行させるのですよね？」

「ああ。現領主クリスティーナは、前開拓計画の責任者の孫娘だ。また、エンテの森に龍宮国と、これまで地上国家とほとんど接点を持たなかった彼らの玄関口となっているのがベルンだ。そこに王家の人間が視察に行くのはおかしな話ではない。というよりも、今後の影響力を考えれば赴かねばならない場所だよ、あそこは」

何しろ〝モレス山脈の諸種族及び竜種と友好条約、並びに軍事同盟を結びました〟という旨の正式な報告書が、クリスティーナとドランの連名で送られてきたのだ。

これを見たスペリオンと父王は、揃って〝はい!?〟と、珍妙な声を上げてしまったほどだった。

†

私ことドランとクリスは、買い取った中古の小型飛行船を改造した新型飛行船の試験飛行を行なっていた。

試験飛行を終えた私達は、陸地に建設した港に飛行船を停泊させ、船体に不備がないか、今後の飛行計画についての打ち合わせをしている。

ベルン男爵領の新型魔法機関を搭載した船舶はマズダ博士、陸上用の交通機関はライリッヒ教授、飛行船関係はプラナ女史という研究者に、それぞれ開発を委託している。

褐色の肌と眩い白銀の長髪、笹の葉を思わせる尖った耳で人形のように整った美貌のダークエルフが、プラナ女史だ。

知性を秘めた切れ長の瞳には冷たい光が宿っており、体の線を露わにする革製の衣服の上に白衣を羽織った格好で、彼女はこの手の研究者には珍しく、外見にも気を配っている。

自分の美貌が異性にどれだけ有効かよく理解しているのだ。

しかし、クリスやドラミナといった規格外の美女を前にしたプラナ女史が、恥じ入るように白衣の前を閉じたのは、今では良い思い出だ。

そんな私達のもとに、王家からの使者がやって来た。

アムリアの一件もあり、アークレスト王家から内密に使者が遣わされる可能性はあったが、堂々と私達を訪ねてきた事から、今回は公式の使者らしい。

急いで屋敷に戻り、使者殿から話を伺ったところ、スペリオン王太子とフラウ王女がベルン男爵領を来訪するとの事だった。

王族が国内の各地を視察するのは恒例事業である為、驚きには値しない。

勃興《ぼっこう》から一年も経っていない新興の貴族としては名誉な話だが、この時期にわざわざ訪れるか。

ふうむ、今回のお二人の来訪はどういう背景があるのだろう。

たとえば魔王軍を撃退し、その武功を称える為に来訪されるというのならまだ分からないでもないが、果たして今回は……

私は執務室に集まったいつもの面々に問いかけた。

「さて、スペリオン王子達の来訪は、額面通りにベルン男爵領を視察する為だけだと思うかな？」

私の呟きに苦笑交じりに答えたのは、我が男爵領最高責任者であるクリスである。

「もし本当にそうなら、お二人にとっては観光くらいの気安さになるかな。王国だけでなく諸国を見回しても稀なほど、平穏かつ拡大中の状態にあるのが、我が誇らしき男爵領だからね」

そうは言ったものの、クリス自身、今回の来訪に何の裏もないとは信じていない声音だ。

以前のロマル帝国弔問もそうだし、邪竜教団アビスドーンなど、私達とスペリオン王子達が行動を共にすると、どうも荒事が向こうからやってくる傾向にあるからな。

今ベルンでは魔王軍襲来に備えて小規模な砦を複数建設する計画と、北の廃村の立て直しを進めている最中である。そんな中に今回の王子達の来訪という更なる忙しさが襲いかかってきた為、若干肩を落としている。

セリナもクリスと同じ事を考えていたらしく、愛らしい仕草で顎先に人差し指を当てる。

「普通に視察というだけでも緊張するというか、領内の空気が引き締まるものなのでしょうけれど、私達の場合は前例が前例ですからね……。またどこかの秘密結社の悪い人達とか、悪い神様の思惑とかが絡んできているかもって疑ってしまいます」

これは私達の間ではもっともな話であり、ディアドラやドラミナ達も首を縦に振って同意を示している。

珍しくリネットが質問への返答等ではなく、積極的に自分から口を開いた。

「ですが、マスタードランのご威光を考えれば、邪神関係の問題は起きないとリネットは考察します。マスタードランを脅威と考えない愚か者か、あるいはそのお力を知らぬ若輩者《じゃくはいもの》が事を仕掛ける可能性はないとは言い切れませんが……」

ご威光と言われると面映《おもは》ゆいが、私の転生は魔界や天界にも知れ渡っているはずなので、やはりそちら方面からのちょっかいというのは考え難い。

「私を敵にすると分かって仕掛けてくるのなら、それこそ眷属全てを含めて全滅する覚悟を決めてくるだろう。私への対策に何かしら策を講じるにしても、この転生が知れ渡ってからの数ヵ月では時間が足るまいて。ましてや、私の側にカラヴィスやマイラール、ケイオスらが味方する現状とあっては、私を敵とするのは愚行の極みと言える。……ふむ、やはり神々の側から仕掛けられる可能性は考えなくていいな。そもそも、まだ終焉竜との戦いで消耗している者の方が多かろうし」

「マスタードランがそのように言われるのでしたら、リネットは心から信じます。そうなりますと、可能性としては、スペリオン王子達の身柄を狙う他国の間諜や暗殺者の炙《あぶ》り出《だ》しでしょうか？」

ふむ、私達が忠誠を誓う王家の方々は個性的というか、独特の感性をお持ちであるから、自分達を餌にして国内の不安要素を排除しようとしてもおかしくはない。

普通、次期国王であるならもっと我が身を大事にするものだと思うが、護衛には万全を期すだろうし、炙り出し要員に私達を含めて考えているのなら、大層信頼されたものだと思う。

王子達自身が餌となるつもりなのかもしれないが、それ以外にも考えられる可能性について言及したのはディアドラだった。

「あの兄妹達か、それともアムリアが餌かしらね。あれだけドランに釘を刺されていた王子だし、本心からアムリアを餌扱いにするだけというのは考え難いけれど、あの娘の素性を考えれば、狙われるのが当たり前だしね。ロマル帝国の事情はどう変わっているのかしら？」

ディアドラの問いかけにドラミナが答える。

夜の世界の覇者たるバンパイアである彼女は、その能力と経験を用いて独自の情報網を形成しており、時々、私達の知らない情報をもたらす。

私の虫型ゴーレム等を用いた情報網は暗黒の荒野方面に備えてのものであるから、国内外の情報収集に関してはドラミナに数歩譲る。

「どうやら東部を支配するライノスアート大公が、帝都のハウルゼン将軍を配下につけたようですよ。代々の皇帝にのみ忠誠を誓っていたロマル帝国十二翼将筆頭が膝を折った事で、これまで様子見に徹していた中立の帝国貴族達が、大公の旗に集う動きを見せています。アムリアと双子のアステリア皇女は表立って動く様子はありませんが、南部の反帝国の方々に対して強硬な態度を一層強めているので、血生臭い事態に繋がるかもしれません」

ドラミナからもたらされた情報に、私を含む全員が大小の差こそあれ眉をひそめて、流れる血と失われる命に思いを馳せた。

かつてスペリオン王子の護衛としてロマル帝国を訪れた際に、とある都市の反乱の渦中《かちゅう》に意図せず足を踏み入れた事があったが、あの時に見た人々はまだ無事だろうか？

「双子を忌むロマル帝国とはいえ、皇帝の娘であるアムリアの価値がますます高まってきたか。アステリア皇女を廃して新たな皇帝に据え、自らは摂政《せっしょう》なり宰相なりの立場として意のままに操ればいいし、息子を夫にあてがえば支配体制は確立出来るか……」

私が顔をしかめながら呟いた言葉の続きは、ドラミナの赤い唇から紡ぎ出された。

「ライノスアート大公の立場だと、アムリアさんの価値はそれに尽きるでしょうね。アステリア皇女からすれば血を分けた双子の姉妹とはいえ、自らの価値を減じる相手ですから、排除しておいて損はないでしょう。ただ、影武者や身代わりとしての価値はあります。ふう、自分で口にしておいてなんですが、気分の良い話ではありませんね」

心底嫌だと言わんばかりのドラミナの口調に、全員が態度で同意を示す。

かつては大国の女王だったドラミナを含めて、この場に体制や大義の為に誰かを犠牲にする事を肯定する感性の持ち主はいなかった。

アムリアの素性を知った時から、彼女が狙われる理由に関しては――推論とはいえ――知っていた。

それでも、改めて口にすると陰鬱《いんうつ》な気持ちに陥る。

アムリアと直接言葉を交わした回数が比較的少ないディアドラも、望まざる陰謀《いんぼう》の渦中に囚《とら》われる少女の境遇に、悲しみの色を瞳に浮かべていた。

「嫌ねえ、一人の女の子を国が寄ってたかってどうにかしようなんて。場合によっては、アークレスト王国もそうなるかもしれないけど。それにしても、つくづくアムリアの傍に八千代と風香がいて良かったと思うわ。力量はちょっと頼りないとしても、能天気で図太いあの二人が傍にいれば、アムリアが落ち込む暇はないでしょうから」

ござるござる、と耳慣れない語調に、モフモフでふんわりとした毛並みの耳と尻尾、それに能天気で大きな笑い声が特徴の二人である。

彼女達を思い出して、私のみならず、セリナやドラミナ達の口元に温かな微笑が浮かび上がる。

あの賑やかでおっちょこちょいで憎めない二人組は、アムリアにとって癒しであり救いであるに違いない。

「ただ、あの二人が、王宮での満たされた暮らしに気を緩めてだらけきった生活を送っていないかが心配だな。腕や実戦での勘を鈍らせていなければいいのだが」

国元を出奔《しゅっぽん》してから過酷な状況を元気に生き抜いてきた八千代と風香が、今の恵まれた状況に胡坐をかき、牙を抜かれた愛玩動物《あいがんどうぶつ》に変わり果ててはいないか。

それだけがドランにとって不安の種だった。

†

次期国王たる王太子スペリオンとその妹フラウのベルン男爵領への来訪は、比喩ではなく、男爵領のほとんどの人々にとって驚天動地の出来事だった。

何せ、数十年以上前の北部辺境開拓時代でも、王族が直接視察に訪れた事はなかった。

これまでベルンの地を踏んだアークレストの最も権威ある人物は前開拓計画責任者だった、クリスティーナの父方の祖父たる前アルマディア侯爵だ。

ついにベルンの地が王族を迎え入れる栄誉に与るとあって、以前からの住人も新規の住人も、大なり小なり興奮している。

商機を狙ってベルンに集っていた商人達にとっても、王族来訪は商売に新たな風を吹かせる都合のよい出来事であり、方々から商品を仕入れ、新商品の開発や宣伝に余念がない。

男爵領への仕官を望んで集まっていた各地の傭兵や冒険者、主君を持たない遍歴騎士達も、あわよくば王族の目に留まる好機と、欲望と夢に目を爛々と輝かせている。

ようやく探索が解禁されたカラヴィスタワーへと群がっていた冒険者達も、王族来訪という一大行事は無視出来なかった。かなりの人間がカラヴィスタワーからベルンへと移動しており、そちらの人員整理と警備体制の見直しも、ベルン首脳陣には急務だった。

そして表沙汰《おもてざた》にはされないが、このベルン男爵領内での一時的な混乱の隙を突き、さらに潜り込もうとする国内外の間諜への対策も、クリスティーナ達の仕事を増やしている。

ベルン村西部に設立されたベルン騎士団の本拠地である砦の敷地の中に、この数日でリネット達三姉妹をはじめとした面々の活躍で捕らえた間諜達が拘束されていた。

自害を避ける為、荷物から体の中に到るまで徹底的に調べ尽くし、毒薬の類は全て没収済みで、男女別に独房を分けて拘留している。

鉄格子の嵌められた窓に清潔なベッド、衝立《ついたて》付きの便所だけの簡単な独房だが、命を奪われても仕方のない立場の間諜には充分だろう。

廊下に設置された精霊石のランプの下に飾られた花は、囚人の精神衛生を保つ目的だけでなく、囚人達を監視させる意味もある。

独房を隔てる分厚い壁の向こう側で、ドラン、バラン、リネット、ガンデウス、キルリンネ他、間諜捕縛に関わった主要人物が顔を揃えていた。

通常の尋問と同時に、魔法による知識と記憶の吸い出しを終えた囚人達は、意外にも独房の中で大人しくしている。

これは彼らが、尋問が終わっておらず、自分達にまだ捕虜としての価値があると思い込んでいるからだろう。

ドラン達は既に得られるだけの情報を得ているが、それを知られてしまうと、彼らが自害したり自棄なってこちらに被害を与えようとしてきたりする可能性がある。

また、彼らを解放した場合に情報を漏洩《ろうえい》していないと相手陣営に誤解を与える目論見もあった。

通常なら独房の監視についている兵士達は席を外しており、難しい顔をしたバランが綺麗に剃り上げた頭を撫でながら、どうしたものかと口を開く。

「さて、前はこういう連中はまとめてガロアに送ればよかったが、今じゃここは立派な男爵領だ。これはおれ達の裁量と責任で片付けなければならんな。ドランのお蔭で得られる情報は全部得られたし、もうあいつらに価値はない。だからといって処刑というのも、せっかく順調に滑り出したベルンに血生臭い臭いをしみ込ませるようで縁起が悪い。しばらく尋問して、あちら側の刺客が始末しに来るのを待つか、それとも精霊石の採掘場かカラヴィスタワーでの強制労働あたりか？　いや、採掘場の方はなしだな」

バランの提案が現状のベルン領ではおおむね妥当な刑罰だろう。

精霊石の採掘場は以前からベルン村の財政を支えてきた産業なので、そこで囚人を働かせると、元々いる村人達はあまり良い感情を抱かない。

そうなると、未探索個所が無数にあり、生命の危険もあるカラヴィスタワー内部での探索作業か、労働力として建築や開墾などの重労働。この辺りに従事させるのが、現ベルン男爵領における重大な刑罰になるだろうか。

「カラヴィスタワーでの強制労働は妙案ですが、今回は外国の連中ですからね。彼らとその元締めの双方が違うと否定するのがオチでしょう。とはいえ、今回は都合よくこういう事に慣れた方々がおいでになる。押し付ける——もとい、委ねてお任せしてしまえばいいと思いますよ」

ドランは遠回しに、これからベルンを訪れるスペリオン王太子一行にお土産として渡してしまえ、と提案しているのだ。

確かに王太子やその後ろ盾である国王とその重臣達ならば、こういった連中の扱いはお手の物だろう。

だからといって、全身全霊で歓待するべき相手に対して厄介事を押し付けるという発想と、その他の懸念事項を思い浮かべて、バランは眉をひそめた。

「だが、それはベルンに彼らを適切に対処する力がないと露呈《ろてい》するようなものではないか？」

「そう捉える事も出来ますね。ただ今回の件で、こちらは予定していなかった労働を強制されましたから、その分こちらも労働を対価として求めても構わないでしょう」

「お前、しれっとした顔でとんでもない事を言うな。前から変わっているところがあったが、最近はどんどん発想が大胆不敵というか、意表を突くものばかりになっているぞ」

バランに呆れ顔をされ、ドランは苦笑しながら頭を掻く。

「念願叶った立場を得たもので、少し図に乗っているのですよ。昔からお世話になっているバランさんには、調子に乗っているなと思われても仕方ないのですが」

「調子に乗っても文句を言えんほどの成果を出しているだろう。それにしたって、王太子殿下を相手になんとも大胆な事を、と呆れはする」

「我が国の王太子殿下は大変度量の大きな方ですので、困ったように笑うだけでお許しくださいますよ。ただ、間諜達から得られた情報はロマル帝国に繋がるものではありませんでした。やはり、こちらに捕縛されても支障のない人選でしたね」

「様子見の第一波といったところか？　王太子殿下やうちの男爵様を直接害したいわけではなかろうが、そこらへんの事情はドランが抑えているのか？」

「去年の年末に少々関わり合いが出来まして、そのご縁ですね」

「お前はベルン村を離れた途端、色んな事に巻き込まれはじめたなあ。いや、エンテの森の異変からセリナとの出会いを始まりと考えれば、ベルン村を離れてからというよりは、去年から急に色々な事が起きている。それにことごとくお前が巻き込まれている印象だな」

「ふむ、言われてみると、確かにそうですね。思い返せば、十六歳になってから、これまでにない濃厚な日々を送っています。多分、これからも同じように退屈する暇のない日々が続きますよ。バランさんにもお付き合いいただく事になると思います。まずは王太子の出迎えからよろしくお願いします、騎士団長」

少しだけ冗談めかした語調で告げるドランに、バランは大きく溜息を零した。

この間まで辺境の中の辺境だったベルン村の駐在兵士の隊長でしかなかったバランにとって、騎士団長という立場で王族を出迎えるなど、夢ではないかと疑いたくなる出来事だ。

ベルン男爵領の代表の一人として恥ずかしくない振る舞いをしなければならないわけだが、それを完璧《かんぺき》にこなせる自信があると言えば嘘になってしまう。

もちろん、彼も最善の努力はするが、尋常ではない重圧と精神的負荷に襲いかかられているのもまた事実である。

バランに留まらず、男爵領の財布の紐を握っているシェンナや村長、クリスティーナの下で働き始めた家臣達にしても同じだろう。

そんなバランからすれば、微笑して呑気に構えているドランの胆と神経の太さが羨《うらや》ましい。

「世の中、何が起こるか分からんものだと近頃よく思うよ」

「ですが、悪い事よりも良い事の方が多いのですから、前向きに考えていきましょう」

そう告げるドランに対して、バランは零れそうになる溜息を堪えて、そうだな、と短く応えた。

「そう言えば、お前達は殿下と随分親しいが、結婚の話はするのか？」

ふと思いついて、バランはドランに話を振った。

近頃のドランとその恋人達の雰囲気の変化は周知の事実だ。婚約まで進んでいた彼らが、さらにその先の関係に踏み込もうとしているのだと噂になっている。

バランが年長者としてドランに勝る経験の一つは、既婚者であり、子供を持つ父親であるという事。生まれた時から知っているドランが、少々特殊だが家庭を持とうとしているという噂は、バランにしても感慨を覚える話だ。

「殿下達との話の内容次第ではお伝えするかと思います。ただ、どうにも殿下と関わる時には思わぬ出来事が生じる可能性が高く、ただの視察で済むか怪しいところがあるものですから……なんとも。ですが、本当にただの視察で終わるようでしたら、僭越ながら友人の一人として殿下に結婚の話をしたいと考えています。具体的な日程もまだですが、その意思が私達にあるとお伝えするくらいなら、許されるでしょう」

そう口にするドランは、いずれ訪れる愛しい恋人達との結婚の場面を想像して、かすかに頬を赤らめてはにかんでいた。

中身がどうあれ、十七歳の少年らしさを見せて恥じらう姿に、バランは以前から知っている通りのドランだと安心して笑いかけた。

「人数が人数で、立場が立場だから色々と複雑だろうが、昔からのベルン村の住人でお前の結婚を祝福しない者はいないさ。結婚相手を幸せにする事を一番にするのを忘れなければ、結婚生活はなんとかなる。経験者からの助言だ」

「ええ、生涯、決して忘れません」

「良い返事だ。お前なら本当にそうすると、心から思えるよ」

だからドランとその結婚相手のセリナ、クリスティーナ、ディアドラ、ドラミナも幸せになるだろうと確信出来た。

まさかそれ以上に結婚相手が増える可能性があるとは、神ならぬバランも、神を上回る存在であるドランも知り得ぬ事だったが。

本人にも多少の自覚はあるが、このドラン、好意を向けられると結構チョロい。

このチョロい古神竜の生まれ変わりが、親しい友人であり、主君筋《しゅくんすじ》であるスペリオン達に、自分の結婚にまつわる話を出来るかどうかが判明するまで、残り数日と迫っている。

だが悲しい事に、そうそう上手くは行かないだろうと、また新たな騒動の種が持ち込まれるのを確信しているドランだった。

月が導く異世界道中
Tsukiga Michibiku Isekai Dochu
あずみ圭
Azumi Kei
1~17
8.5
シリーズ累計200万部突破の超人気作!(電子含む)
TVアニメ第2期
制作決定!!

月が導く異世界道中
あずみ圭
薄幸系男子の成り上がりファンタジー、開幕!
なんでだろう親の都合で異世界へ
読者賞受賞作!
待望の書籍化!

月が導く異世界道中
1
あずみ圭
木野コトラ
29万部
とことん不運、されどチート!!

「銀座編」開幕!!
累計630万部（電子含む）突破！
ゲート SEASON1～2
大好評発売中！
漫画
最新20巻
12月16日刊行！
※地域によって流通が遅れる可能性があります。
SEASON1　陸自編
単行本
●本編1～5／外伝1～4／外伝+
●定価：本体1,870円（10%税込）
文庫
●本編1～5〈各上・下〉／
外伝1～4〈各上・下〉／外伝+〈上・下〉
●各定価：本体660円（10%税込）
漫画
漫画：竿尾悟
●1～19（以下、続刊）
●各定価：本体770円（10%税込）
SEASON2　海自編
単行本
●本編1～5
●定価：本体1,870円（10%税込）
文庫
●本編1～3〈各上・下〉
●各定価：本体660円（10%税込）

役立たずにやる食料は無いと追い出されたけど――
なんでもできる【創造魔法】を手に入れて、

快適異世界ライフ!

七池高校二年A組の生徒たちが、校舎ごと異世界に転移して三か月。役立たずと言われクラスから追放されてしまった水沢優樹は、偶然、今は亡き英雄アコロンが生み出した【創造魔法】を手に入れる。それは、超強力な呪文からハンバーガーまで、あらゆるものを具現化できる桁外れの力だった。ひもじい思いと危険なモンスターに悩まされながらも元の校舎にしがみつく「元」クラスメイト達をしり目に、優樹は異世界をたくましく生き抜いていく――

●定価:1320円(10%税込) ●ISBN:978-4-434-29623-9 ●Illustration:東上文

この作品に対する皆様のご意見・ご感想をお待ちしております。

おハガキ・お手紙は以下の宛先にお送りください。

【宛先】

〒150-6008 東京都渋谷区恵比寿 4-20-3 恵比寿ｶﾞｰﾃﾞﾝﾌﾟﾚｲｽﾀﾜｰ 8F
（株）アルファポリス　書籍感想係

メールフォームでのご意見・ご感想は右のＱＲコードから、
あるいは以下のワードで検索をかけてください。

アルファポリス　書籍の感想　検索

ご感想はこちらから

本書はWebサイト「アルファポリス」（https://www.alphapolis.co.jp/）に投稿されたものを改稿のうえ、書籍化したものです。

さようなら竜生《りゅうせい》、こんにちは人生《じんせい》 22

永島ひろあき（ながしまひろあき）

2021年　12月　30日初版発行

編集－仙波邦彦・宮坂剛
編集長－太田鉄平
発行者－梶本雄介
発行所－株式会社アルファポリス
〒150-6008 東京都渋谷区恵比寿4-20-3 恵比寿ｶﾞｰﾃﾞﾝﾌﾟﾚｲｽﾀﾜｰ8F
TEL 03-6277-1601（営業）　03-6277-1602（編集）
URL https://www.alphapolis.co.jp/
発売元－株式会社星雲社(共同出版社・流通責任出版社)
〒112-0005東京都文京区水道1-3-30
TEL 03-3868-3275
装丁・本文イラスト－市丸きすけ
装丁デザイン－ansyyqdesign
印刷－中央精版印刷株式会社

価格はカバーに表示されてあります。

落丁乱丁の場合はアルファポリスまでご連絡ください。

送料は小社負担でお取り替えします。


ISBN978-4-434-29729-8 C0093